有爱的青春陪伴者

他的一切，让我心动

Ta de yi qie,
Rang wo xin dong

海汐 著
Hai Xi
Works

花山文艺出版社
河北·石家庄

图书在版编目（CIP）数据

他的一切，让我心动 / 海汐著. -- 石家庄 : 花山文艺出版社，2021.9
ISBN 978-7-5511-5779-7

Ⅰ. ①他… Ⅱ. ①海… Ⅲ. ①言情小说－中国－当代 Ⅳ. ①I247.5

中国版本图书馆CIP数据核字(2021)第093066号

书　　名：他的一切，让我心动
TA DE YIQIE,RANG WO XINDONG
著　　者：海　汐

统筹策划：张采鑫
特约编辑：雪　人
责任编辑：于怀新　张凤奇
美术编辑：胡彤亮
责任校对：董　舸
装帧设计：颜小曼　西　楼
封面绘制：卜若梨
出版发行：花山文艺出版社（邮政编码：050061）
（河北省石家庄市友谊北大街330号）
销售热线：0311-88643221
传　　真：0311-88643225
印　　刷：长沙鸿安印刷有限公司
经　　销：新华书店
开　　本：880×1230　1/32
印　　张：9
字　　数：180千字
版　　次：2021年9月第1版
2021年9月第1次印刷
书　　号：ISBN 978-7-5511-5779-7
定　　价：39.80元

目录 / contents

目录 / contents

第一章 诡异梦境

从墓园回来的时候还在下雨，夏盈一直讨厌这样湿答答的天气。

距离父亲的葬礼已经过去两个月，可她还是没有实感，不习惯没有他在身边的日子。她时常往墓园跑，有时候会在父亲的墓地前坐上一个下午。

所有人都在按着节奏继续生活，唯有她，好像脱离了轨道。

夏盈睡不着，手心拽着一块古雅的玉佩。这块白玉，还是她二十四岁生日时父亲送给她的生日礼物。岂料未过多久，她就永远失去了他。

夏盈的眼泪无声滴落下来，“啪嗒”一声落到玉佩上。她将玉佩攥紧在手心，将自己裹成一只蚕蛹那样闷在被褥里。

这段日子，多半借助药物才能入眠的夏盈，第一次有了困意。她蜷缩得像只小虾米那样，攥着父亲给她的玉佩，隐隐约约睡了过去。

夏盈发现自己在一个很大的天台上。这是哪里？为什么这么眼熟？

对了，这是父亲公司大厦上的天台。

狂风吹着她的头发，让她整个人都凌乱得似要飞起来。

“夏盈。”她听到有人叫她。

她回过头，看到了贺咏伦那张英俊的脸。

“咏伦。”她发觉自己站在栏杆上，往下是一望无际的深渊，极度的恐惧倏然攫住她。她向贺咏伦伸出手，很想他拉住自己。

可下一瞬，她被一股剧烈的力道猛然一推，整个人就像只断线的风筝那样坠落下去。

高空坠落，感受到死亡濒临的那一刻，路人的惊叫，失序的车流，混乱到极点的场面，夏盈却看到自己摔得血肉模糊的样子。

恐怖的画面令她毛骨悚然地尖叫起来，无边无际的黑暗倏然笼罩，下一瞬，空间斗转，她看到自己静静地躺在一个地方。

她熟悉这里，是殡仪馆。

还记得告别父亲的时候，她就坐在这里，面对殡葬化妆师处理好的父亲，她哭着闹着不想离开他，不想他火化。

可为什么，现在躺在这里面的人变成了她？

夏盈恐惧万分，却什么声音都发不出来。她只能看着自己一动不动地躺在那里。

她的脸大概是修复缝补过，与刚才那张摔到血肉模糊的脸重叠在一起，仍看得出针线的痕迹，他们给她化了妆，依稀恢复了几分她从前的样子。

夏盈感到恶心和窒息，直到门开了，一道光透进来，伴随着进来的人，那种扭曲的压迫感才好像消失了一些。

那是温庭，她名义上的丈夫。

俊美苍白的他，失魂落魄地走向她。

一瞬间，夏盈仿佛能体会他的绝望跟痛苦。

看到他为自己这么伤心，夏盈心里有些奇怪又复杂的感情。

她并不讨厌温庭，只是也没有多喜欢他。她和他的关系太尴尬，他们虽然结了婚，却比谁都更像陌生人。

一场不情愿的商业联姻，她和他都没有选择。所以从一开始她就跟他约法三章，不干涉对方的生活，等到适合的时机，再解除他们的婚姻关系。

她对他从来都是疏远又冷淡，仿佛逃避他就能逃避这桩她不情愿的荒诞婚姻。

可为什么，温庭显得那么伤心？

夏盈怔怔地，瞧着他坐到自己的尸体旁边。他甚至拿出一把梳子，轻轻地梳理起她的长发。

“夏盈，我替你梳一下头发，你那么注重外表，一定希望自己走的时候也漂漂亮亮的。”

他轻轻地温柔地梳理她的长发。

夏盈看着，心里蔓延起酸涩，有种什么冲破心绪，又好像针尖那样扎在她心房，让她疼痛不已。

她清楚地看到温庭落下的眼泪，泪水滴到她那张冰冷铁青的脸上，男人伸出手指，轻轻抹过他留在她脸颊上的泪，温柔的指腹停在她面庞。然后，她看到他俯下身，居然亲吻了她的尸体。

那样小心翼翼又温柔的一个吻，莫名让夏盈心如刀绞。

“别害怕，你一定会去到一个很好的地方，那里有你最爱的爸爸，还有你一直念念不忘的斑点。”

斑点是她的爱犬，死掉的时候她伤心了很久，难为他还记得。

“以后，我也会去那里找你。那时候，你还会讨厌我吗？但我很高兴，因为我去找你的时候，身份还是你的丈夫。夏盈，你是我此生唯一的妻。”

他缠绵温隽的话语，让夏盈泪流满面。她第一次体会到一件事，温庭爱她。他在爱着她，可是怎么会这样？他怎么会爱她，又何时开始爱她的？

夏盈看着悲伤欲绝的男人，忽然很想抚一抚他的眉宇、他的唇，想他不要那么伤心。

然而当她快要碰触到他的时候，场景又倏然转变。

还是这间殡葬室，她看到一身黑衣的贺咏伦，站在她静置的尸体边。

贺咏伦的神情同样哀伤，但夏盈倏然想到坠楼前身后那股力道，她那时候看到过贺咏伦。

她的心有股莫名的恐惧，这和刚才看到温庭时的气氛是完全不一样的。

贺咏伦，他到底干了什么？

“我不是故意的。”正当夏盈还在为自己的猜测恐慌时，她听到贺咏伦痛苦的言语。

夏盈的心脏仿佛被重重一捅。

为什么？你是我最信任的人。

夏盈想要抓着他狠狠地喊。

“你知道我爱你，夏盈，我那么爱你，你为什么不乖乖听话呢？你只要听话，嫁给我，把流光交给我，我们会是多么幸福的一对……

“我们会有很多孩子，一起开开心心地厮守到老，为什么？你要否决我的提议，一点活路都不留给我，让我的心血毁于一旦？”

他质问的后半段，口气变得森冷病态。

那样一个阴沉偏执的贺咏伦，是夏盈从没有见过的。

夏盈看着此情此景，心脏像结冰了一样，每一份恐惧都渗透到毛孔，只觉贺咏伦此刻的面貌宛如魔鬼。

门又打开，她看到一个美艳的年轻女人走了进来。

郭依妮，也算蛮有名气的一个流量小花。

最近贺咏伦正在推进一个电视剧项目提案，女主角便是郭依妮。

可为什么，郭依妮会出现在这里？

仿佛有所感应，夏盈抬头的瞬间就看到郭依妮那双涂着鲜红丹蔻的手，熟稔又爱抚地摸上贺咏伦的手臂。

只听她娇柔地轻语道：“咏伦，你不要太伤心了。”

夏盈觉得恶心，听到贺咏伦阴沉的斥责声：“滚出去，不要在她面前碍眼。”

他这样一说，夏盈却想让这两个人都滚出去。

郭依妮的眼睛里蓄满了泪，显得楚楚可怜：“咏伦，你为什么这么狠心，这些年我为你付出多少？我一直默默地在你身边，从来不敢站出来，也不敢让她知道。凭什么？到底凭什么？她没有那么爱你，只有我，我才是最爱你的那个人！”她像要把满满的委屈都发泄出来，一瞬间就哭得心酸凄楚。

可贺咏伦的脸上没有一丝怜惜之色，夏盈看他推倒了郭依妮，只听到他冷漠的声音：“郭依妮，你要发疯就滚出去。让别人看到了，你还想不想在这圈子混？你的玉女形象也就到头了。”

他这样一吼，郭依妮抽咽地收敛了神色。

目睹这一切的夏盈，只觉作呕。

一阵天旋地转的眩晕袭来，她的身子重重弹动了一下，像是摔在了什么上面。

意识清醒过来时，天色微亮，她才发觉自己并没有摔在哪里，仍旧在床上。

方才的一切都只是梦？

夏盈无法忘记自己方才那一梦是如何恐怖诡异，惊恐的情绪没有散去，冷汗浸透了睡衣。

那梦境太真实了。

夏盈坐起身，抑制着情绪，想要给自己倒杯水。经过梳妆镜前，看到镜中自己苍白还挂着冷汗的脸，那脸孔与殡仪馆里她的脸重合。

脑海里回闪着片段，仿佛再度看到自己在梦里从高空坠落，血肉模糊，她整个人都颤了一下。

玻璃杯从手上脱落，摔得四分五裂。

早上起床后，夏盈脸色一直有些苍白，家里的管家林姨给她端上早餐，有些担心地望着她。

“小姐，你身体不舒服吗，要不请陆医生过来看一下？”

“我没事。”夏盈说得有几分勉强，不想林姨为她担心。她作势轻轻喝了口牛奶，又听到林姨说：“慕先生来了。”

夏盈抬头，就看到慕思城走了进来。清爽的早晨，他西装革履，连头发都梳得一丝不苟。

慕思城是她父亲生前的特别助理，而现在，她继承了流光影视股份有限公司，慕思城的老板自然变成了她。

夏盈以前是不怎么喜欢慕思城的，一来觉得这个人太过刻板，二来她一向跟贺咏伦亲，贺咏伦曾经提醒过让她留心身边的人，不要太过相信慕思城等一干元老人物，毕竟父亲去世后，觊觎流光的人很多，董事会波涛暗涌，相当复杂。

可经过昨夜那个诡异古怪的梦，她现在看慕思城，跟平时的感觉不太一样。

特别是看到他仍旧一丝不苟的样子走向她，她竟觉得有几分亲切跟安定。

“夏小姐，林姨说你身体不舒服，是否送你去医院检查一下？”慕思城已经在外面听林姨说过情况，现下打量夏盈，觉得她的确看上去萎靡不振，需要休息。

“思城，我今天下午是不是有行程？”夏盈想到了什么，抬头问慕思城。

慕思城一脸沉着地回应：“是的，下午两点你要和贺先生去臻美剧场，查看进度。”

一听到要和贺咏伦见面，夏盈破天荒地想要逃避。她真的无法忘记梦境里贺咏伦阴沉偏执的样子，那在她心上造成了很大阴影。

“替我推掉，我今天不去臻美。”夏盈脱口而出。

慕思城有些诧异地看了她一眼，但他面上依旧波澜不惊。

“温庭……他还在拍戏吗？”从夏盈嘴里说出这个名字，

让慕思城都忍不住多看了她一眼。

慕思城公式化地报告道："是的，温先生还在暮山影视城，《沧澜》的拍摄还在进行。"

"我想去拍摄现场看看。"夏盈轻声说。她知道这部《沧澜》是公司参与主投的古装大剧，是父亲生前很用心的项目。

只是没想到，项目初始的时候父亲还在，而现在即将杀青，他却已经不在了。

"《沧澜》下星期就要杀青了，夏小姐你在这个时候去看的话，的确很有必要，这也是你作为流光影视新任董事长的一个表态。"

夏盈有些讶异慕思城竟然会赞成她这个决定，而且他的言辞里似乎还认为是一件颇好的事情。

要知道继任流光影视之后，坐在父亲的办公室里，和慕思城工作的这些日子，夏盈一直被他盯梢一样纠错。不知道有多少事令她心虚地怕慕思城下一秒就要骂出口了。

他真是很少有赞同她的时候。

"现在影视业寒冬，受大环境的影响，之前夏先生评估了很久，才决意启动《沧澜》这个项目。温庭是我们流光影视的招牌，他一向以电影拍摄为主，很少拍电视剧。但因为夏老的缘故，他才调出半年的档期给足我们参与《沧澜》的制作。于情于理，你都应该谢谢他。"慕思城一番话，说得夏盈有些羞愧心虚。

果然，这其中的弯弯道道她不了解的太多，《沧澜》的背后，竟有这么多故事。

“《沧澜》一旦成功，会是我们明年的主要盈利项目。公司还预设了游戏和二次元的一系列推进，打造成一个品牌。”

“我……我还没把企划案读完。”夏盈说得气短。

“你是该看完，不明白的地方可以随时问我。”慕思城铁面无私，说得毫不留情。

夏盈觉得自己就像一个没有做作业被老师逮住的学生一样。慕思城今年也才三十岁，却严苛得像个老先生。

慕思城拿出平板电脑，用触屏笔不知写了什么，夏盈听到他的声音：“去暮山影视城的事我会为你安排好，下午一点出发，司机会来接你。早上你就不要去公司了，养精蓄锐。睡眠的情况如果没有改善，可以再换一个医生。”

“不用了，我昨天睡着了。”夏盈说完这句话，自己都觉得没有说服力，昨夜虽然睡着了，可做了一个诡异到极点的梦。

对上慕思城的视线，对方一脸的不相信，两个人面面相觑，夏盈却忽然觉得，她找到了慕思城身上的幽默点，原来这个人是这样面瘫地说着关心的话的。她对他感觉亲切了一些。

慕思城离开前对她说：“贺先生那边如果你觉得为难的话，我可以替你说。”

夏盈讶然于他的体贴，不过她摇了摇头：“不必，我可以自己对他说。”

她声音里的这份清冷和坚定，跟往常不同，这让慕思城多看了她一眼，内心虽疑惑，却欣慰她的这种改变。

夏盈换装完毕，在镜子前打量自己的样子。她穿了一袭白色的定制套装，优雅的短裙刚好到膝盖的位置，折边的花纹让人想到罗马假日。

夏盈身高一米六七，她的腿形很好看，又长又细，也因此她从小就偏爱那些能够展示她美腿的服饰。

她的目光落到自己披肩的长发上，梳子握在手里，忽然想到昨夜梦境里温庭替她梳理头发的样子。

他是那样小心翼翼又深情。

夏盈梳发的手停了下来，她放下梳子，转而走到卧室尽头的那面海蓝色淡墙前。

那其实是一道滑动的门轨，推开这面“墙”，别有天地，另一边是温庭的卧室。

婚后，他们在家里做了改装，一直都是分房而睡互不相干。而温庭又因为常年拍戏的缘故，很多时候都在外面。也因此，夏盈丝毫没有自己已经结婚的感悟。若不是因为昨夜的梦，她都没有进去过温庭的房间。

这是第一次，夏盈仔仔细细地观察了温庭的房间。

他的房间设置其实比她的要简单很多，除了床、衣柜等基本的家具外，没有其他的了。

夏盈在他的床头柜上发现一个相框，正是她和温庭的婚纱照。

她不由自主地拿起婚纱照，细细端详。

温庭是美男子毋庸置疑，而她在他身边，照片定格的一瞬居然笑得很好看。

虽然夏盈都不记得自己是为什么笑了。

从这张照片上，还真挑不出什么错，俊男美女，谁看了应该都觉得是一桩美满姻缘。

夏盈放下相框，发现床头柜上还有一本厚厚的书，是外文翻译小说。她随意瞥了一眼，看到标题时怔了怔，书名是《redeeming love》。

虽然好奇讲了些什么而温庭又都在看些什么，但此时门外传来林姨敲门的声音。

“小姐，贺先生来了。”

林姨的声音把夏盈拉回现实。

她定了定心神，打开房门，对林姨说：“林姨，我稍后就下来，你让他在客厅等。”

林姨怔了一下：“不去书房吗？”

“不了。”夏盈第一次拒绝贺咏伦去她的书房。

夏盈的书房是她花了很多心思的地方，也是她平常最喜欢待的舒适区。以往贺咏伦都会在她的书房，他们谈天说地惬意地在一块儿，因为从小一起长大的缘故，她对贺咏伦是没有距离感的。

虽然她不清楚这到底是不是爱，可若说真要爱一个什么人，选择和一个人在一起，贺咏伦，她是不排斥的。

可昨夜那个诡异的梦境还历历在目，因为它实在太清晰了，而让她对贺咏伦产生了某些从未有过的阴影。

这一刻，她下意识地并不想跟贺咏伦分享她最舒适的小天地。

第二章 为『爱』探班

贺咏伦今天穿了一套深灰色西服，挺拔俊朗，他的身材非常好，常年健身的缘故，荷尔蒙满溢。他的长相算不上十分英俊，国字脸，下颌稍有些棱角，单眼皮，眼睛却很大。

贺咏伦身高一米八，不过温庭比贺咏伦还要高，一米八五，容貌也更胜一筹，毕竟他是明星是演员。

不过，夏盈对男人的审美，并不那么大众。以往她觉得贺咏伦这种硬朗威霸的气质更显得有男人味，而温庭则美得不太真实。再加上温庭因为要上镜的缘故，保持着又高又瘦的身形，夏盈向来爱美，有个男人比自己都要瘦都要美了，这让她看温庭有几分不顺眼。

但现在，夏盈接触到贺咏伦的笑眼时，忽然想到这双眼睛换上阴鸷狠辣的神色，竟让她从心底打了个冷战。

“盈盈，刚才慕思城打电话给我，说你取消了下午去臻美剧场的事，改去暮山影视城？”贺咏伦磁性低沉的声音，打断了夏盈神游的思绪。

“对，下午我准备去暮山影视城看一下。”

“怎么忽然要去影视城？那里很偏僻，今天又晒。”贺咏伦口吻宠溺。

但夏盈听出他并不赞同自己去暮山。

若是以往她肯定觉得对方在为自己着想，但现在她细细分辨，发现男人话术高明。

她轻轻一笑："去臻美剧场就不热吗？"

她反诘的问话让贺咏伦微微一怔，随即他笑道："那不一样，臻美地处江城最好的商业街区，我们逛一圈还能在楼下那个艺术咖啡廊里喝杯咖啡。"

他的声音更加温柔："你不是最怕晒黑吗？"

"涂防晒就好了，《沧澜》快要杀青，我总要过去看一看。慕思城说了，这是对公司非常重要的项目。"夏盈看着贺咏伦的眼睛，搬出慕思城。

"我之前去看过，每天也都紧跟汇报，《沧澜》那边很顺利，你何必去受罪呢，那不是人待的地方，我真心劝你。"贺咏伦不以为然。

"咏伦，话不能这么说。什么叫不是人待的？那温庭还在那儿拍戏。"夏盈头一次觉得，贺咏伦说话这么不顺耳。

她以前怎么没发觉，身为影视公司老总，贺咏伦讲起那些演员时都是这么轻蔑的口吻？

贺咏伦察觉出她的情绪有异，便放软了口吻，轻笑道："是我说得不够严谨，不过盈盈，我全是在为你着想，你真的不知道暮山现在的状况，很多剧组乱得很，如果再碰上群演人多的话，就算有人陪同，我都不放心你过去。”

“身体力行，爸爸教育过我，这是他生前策划的项目，我想好好完成。”夏盈也不顶他的话，坚持的口吻里透露出对父亲的怀念。

贺咏伦生疑的心平息下去，想她是想夏成鉴了，便不再阻止。

他握住她的手：“那我陪你一起过去。你说得对，这是夏叔生前最用心的项目。”

他诚挚关切的口吻，让夏盈心里的抵触稍稍减轻了些。可不知为什么，她看着他的脸，接触到他的视线，就想到他在殡仪馆里说的那些话，这让她并不想跟他一起去暮山。

“还是按照计划你去臻美那边视察。臻美是温氏主投的项目，又是你全权负责，咏伦，它对你很重要。”夏盈用以往的口吻，一脸真诚地看着贺咏伦。

贺咏伦见她全然为自己挂心的模样，心里升起喜悦，冲淡了因她违逆他改变主意的不快。

“好，我去臻美。盈盈，开幕式的那天我要和你一起剪彩。”贺咏伦仿佛立下一个誓言。

夏盈微笑以对。

下午一点，慕思城果然准时过来接夏盈。开车去暮山影视城要三个多小时车程，也就是说，等到那里，已经快要傍晚了。

夕阳里的暮山影视城，有种别样的美，苍凉辽阔，迈进古城，夏盈竟有几分时空交错的错觉。

慕思城做事一向有条理，也不像贺咏伦那样讲究排场。

他和夏盈一起安静地过去。

现场仍在拍摄中。夏盈看到等戏的群演，有坐在地上的，有撩开厚厚的古装扇着风的。有一点贺咏伦说对了，这里的条件的确很恶劣，即便快要黄昏，天气仍旧闷热得厉害。

夏盈看到有工作人员推着一车子饮料走过来："庭哥请大家喝的，冷饮、冰棍都有！"

现场气氛顿时活跃起来，大家都热得厉害，这时候有冷饮喝，再好不过。

夏盈发觉他们虽哄闹着，但都有序地排队领冷饮，还有人说着"谢谢庭哥"。

她觉得这片场的气氛挺好。

"温先生还在拍戏。"慕思城凑近她说。

夏盈点点头，随慕思城一起往那边置景的内区走过去。

这里面的氛围又完全不一样了，夏盈很快看到被吊在半空的温庭。

他穿着一袭深黑的古装，好多根威亚束在他身上。

他整个人放松似的后仰，四肢张开吊在半空，其实应该是很不舒服的，可夏盈觉得温庭的肢体动作依旧很优雅，也非常耐心地配合导演的指示。

导演拿着喇叭，在摄影机后面查看画面，一边还对温庭说着自己的要求。

“好，Action！”

摄影机运行起来，现场静默，一下进入拍摄氛围。

夏盈看出来温庭要表演的是从高空坠落的画面。他修长的四肢落在半空，在鼓风机的吹拂下，衣袂飘扬，身姿是真的好看。

她偷偷地望着导演镜头上的画面，顿时切换到温庭近景的脸孔，他的五官一下就占据了屏幕。

剑眉星目，多迷人的一双凤眼，他的眼尾轻轻上挑，纤长的睫毛几乎根根分明，这样突袭屏幕的冲击，很难有人不因这份美动容。

夏盈心想，他天生就是吃这碗饭的吧。这样惊心动魄的美，如果不被捕捉到屏幕上，还真是暴殄天物。

就该被捕捉到，被记录下来，供大众欣赏。她忽然觉得自己找到了工作的奥义，对啊，她是影视公司老板，制作好的戏剧，把这样的大帅哥，一个个推销到大众面前，让大家欣赏到他们的美，这是一份很有意义的工作。

嗯，夏盈自我认同地点点头。

慕思城一脸无语地看着夏盈自我感动的表情，这丫头不知道又在想些什么有的没的。

他轻拍了下夏盈的肩膀，附到她耳边说：“我们先出去，正好把外面的事办了。”

夏盈走的时候不肯承认自己还有几分意犹未尽。她想她只是很少来这种拍摄现场，看到了觉得很新鲜，才不是被美色所迷。

“我给剧组准备了一些东西，正好现在你跟剧组负责人见见面，说些鼓励的话。”

“我……该说什么？”夏盈一脸震惊地看着慕思城。

“自由发挥，这是你今天来这里的目的，让剧组工作人员看到你对这部戏的支持，代表流光。”

慕思城最后四个字让夏盈觉得她不能出任何差错。代表流光，流光影视是父亲的心血，她当然要好好表现。

于是，她一脸“英勇就义”的表情，跟随慕思城去见那些负责人。

慕思城跟在夏盈身后，看她十分慎重地和每一个人握手，说着那些平时她都不会说的话。

慕思城心中好笑，但又欣慰地觉得，他很喜欢这样，看到夏盈的成长，看到她渐渐愿意负起责任。

当夏盈应付完所有该见的人时，她觉得自己的力气已经用掉了一大半。慕思城和过来的助理低语了几句，便对夏盈说：“温庭现在回房车休息了，你可以去见他。不过注意分寸，外人并不知道你和他的关系，你只能是出品方的样子。”

他说的话让夏盈想翻白眼，可她还是颇为大度地忍住了。她暗中腹诽：你在多想什么啊，我和温庭这么不熟，就算被拍到一起也就是尴尬的画面。

谁会往绯闻那里想？更别说“夫妻”了。

温庭的房车停在夕阳下，晕染了一半红色的天空，让夏盈感受到了几分属于夏日傍晚的放松和惬意。

毕竟她现在已经完成了大部分累人的“讲演”，见完温庭，她应该就能回去了。

虽然昨夜那个诡异的梦境，让她现在对温庭的感觉有些复杂。

房车的车门并没有关，原本守在外边的助理小姜，在看到慕思城和夏盈后，便走过来打招呼。

慕思城留在那里和小姜说话，他示意夏盈自己上去，夏盈便只能硬着头皮往房车上走。

谁料，她脚刚跨上房车，就听到里面传来谈话声。

“蔡导那边又来过电话，他急于想见你一面。我看他还是很想要你演他的男主角。”中年男人的声音。夏盈想这应该是温庭的经纪人秦盛。

“盛哥，替我拒绝蔡导吧，你也知道，后面我没什么时间，应该会拍《日暮晚风晓》那部剧。”

“你可以拒绝！”

听到秦盛那么不客气的语气，夏盈心里怔了一下，她觉得秦盛好像生气了。

“我不懂你为什么要同意接《日暮晚风晓》，就算是帮流光，你拍了这部《沧澜》就已经够尽心尽力了。蔡导那么好的本子，很有机会冲奖的作品，你居然要拒绝？去接拍那种毫无营养的言情片？《日暮晚风晓》就算是流光主投的片子，跟你有什么关系？况且女主还是郭依妮，我根本看不上！”秦盛说得很犀利，“就算你不接蔡导的戏，《沧澜》拍了几近半年，你也该好好休息，至少休整上一个月再谈新片。”

夏盈沉默了。郭依妮，居然会在这里又听到这个名字。《日暮晚风晓》夏盈是知道的，是贺咏伦在做的项目，贺咏伦很看重，想要在青春偶像片里占有一席之地。

之前贺咏伦是对她这么说的，但现在夏盈不禁心想，这背后究竟还有什么是她不知道的呢？为什么贺咏伦偏偏要投资这部片子，为什么女主又偏偏是郭依妮？

梦境里的情景在她脑海里挥之不去。

“夏盈刚刚接任流光的董事长，这是她赞成的项目，贺咏伦找我演男主，如果我拒绝他，会让夏盈难做。你知道的，她现在还没做出什么成绩，在公司也没什么信服力，如果我直接不接这部片，在别人看来就是她叫不动我，那夏盈在公司就更难有话语权了。”

温庭轻沉的声音，一字一句全都落在夏盈耳中。一时间，她鼻子竟有些发酸。

夏盈轻轻吸了口气，没有走上房车，而是走向外面的慕思城。

慕思城跟小姜交代完事情，正准备上房车和温庭打声招呼，却见夏盈非但没有上车，还一副沉重的样子走回自己身边，这是怎么了？

慕思城对夏盈使个眼色，用眼神问她怎么不上去。

夏盈对他说：“思城，我不上去了，我想在附近逛一下，想些事情。”她的声音里带着恳求，她很少用这样软的语气请求慕思城。但聪明如慕思城，自然听出了她不想见温庭的意思。

慕思城眉宇轻皱，终究没有阻止她：“那你就在附近，手机随时保持联络。”

夏盈乖乖地点了点头。

慕思城看出她松一口气的样子，心里也难免一叹，见温庭对她来说压力就这么大？

他实在不明白，温庭长得也不难看，对夏盈的心意连他这个外人都看在眼里，夏盈本人怎么就能无一点知觉，还觉得对方是个负担呢？

这两个人之间怎么会变成这种状况？看来包办婚姻真是要不得，强扭的瓜不甜。虽然他明白夏老的想法，他放心把女儿交给温庭，奈何夏盈对温庭就是不来电。

夏盈离开前又对慕思城补了句：“你要上去前先让小姜打声招呼。”

慕思城怔了下，目送夏盈离开的身影。他若有所思，夏盈特意这样交代一句，难道是她刚才准备上车时听到了什么？

里面的人在说什么而让她不想打扰呢？思绪敏捷如慕思城，已经听懂她的弦外之音。

夏盈独自走在街上，她在想回去之后就要仔细查看《日暮晚风晓》的全部资料，还有郭依妮的所属公司，到底和贺咏伦有什么关系。

贺咏伦这样全力推荐郭依妮演女主角，如果像梦境里那样，他与郭依妮有着不为外人知的关系……不过，夏盈认为，绝不单单是因为这个，贺咏伦不是感情用事的男人。

所以这背后还有什么，她必须查清楚。

秦盛这么瞧不上这部戏，他是流光影视演员经纪的金牌经纪人。以他毒辣的眼光这样评估，可想而知这项目绝对不是贺咏伦一面之词对她说的那么美好。

夏盈心想这一趟没有白来，如果不是来这一遭，亲耳听到那些她一无所知的事，她到底还要糊涂地做多少错误的判断？

夏盈心情复杂，边走边郁闷，忽然眼前仿佛闪了道光，随即一道雷声轰轰而至。她吓了一跳，抬头看天，乌云压顶，似要倾盆大雨。

夏天的雨，可真是说来就来。

夏盈想找个地方躲一躲，见旁边有一间简陋的便利店，就走了进去。

大雨很快落下，瓢泼之势。

天黑压压的，堪比夜晚，从便利店模糊的玻璃望出去，只能看到漫天大雨，黄色的泥浆水滚滚，荒芜又落魄的感觉。

她第一次感受到影视城的环境真的很差，难怪贺咏伦说起来的时候那么嫌弃。

温庭已经在这里待了好几个月，她一直认为他功成名就，从不缺少什么，现在却在想，他的艰辛她可能一无所知。

手机响起来的时候夏盈刚好听见自己肚子叫的声音，她尴尬地接起手机。慕思城的声音传了过来："外面雨大，你不要乱跑，你现在在哪里，我派人过来接你。"

有一瞬，夏盈为他这种操心的老父亲的口吻而感动，她瞥了眼便利店的名字告诉他："我在汪晖便利店躲雨。"

"你待在那里不要动。"慕思城不放心地叮嘱，"我过来接你回酒店。今天没法回去了，根据天气预报，这雨一时半会儿不会停，这样上高速不安全。"

"嗯。"夏盈乖乖地应了声，又听到肚子"咕"的一声。

夏盈暗骂自己还真是娇气矫情，在家里对林姨说着吃不下没胃口，跑出来刚做一点事，居然就饿成这样。

她想了想自己还没巨婴到这个地步，可以先解决晚餐问题。

挂了电话，夏盈围着便利店的货架物色起食物。

在转了一圈浪费大概十几分钟后，她终于决定了自己想买的东西。

饭团好像还不错，泡面好像也不错，便利店应该会提供热水。

夏盈观察了下，发现收银台后面还有微波炉。

夏盈拿起一个三角饭团和一桶麻辣口味的泡面。

如果给林姨看到了肯定要念叨她半天。

夏盈还没吃过这样重口味的泡面，但她此刻很受诱惑，想要尝试一下。

她把挑选的东西交给收银员。

“总共十五元。”收银员没有起伏的声音告诉夏盈。

糟糕，她没有带包包，根本没有现金。

“那个，我没有带现金，可以用手机支付吗？”夏盈在收银员的注视下面颊有些发烫。

“我们这里不支持电子支付，只收现金。”收银员指了指小柜台上破旧的 POS 机。

“那……我不要了。”夏盈感觉身后的顾客在看着自己，莫名有些窘迫，急忙把东西推到收银员身前，准备离开。

“小姐，麻烦你把东西放回原来的地方。”

收银员不为所动到有些冷漠的声音，让第一次遭遇这种情况的夏盈很是尴尬。

“对不起。”她下意识地道歉。

“等一下，我替她付。”一个磁性的男声响起。

夏盈觉得熟悉，抬起头，看到一道瘦削修长的身影从门口走到自己身边。

居然是温庭！

他穿着一袭深灰色的宽松运动服，戴着一顶黑色的帽子，压得低低的，几乎看不到他的脸，只能看到那完美的下颌和性感的薄唇。

收银员又报了一遍价格，温庭便把钱递给收银员。

第三章 雨天的饭团

“你怎么过来了？”夏盈觉得有些丢脸。她万万没想到出现的人会是温庭，而又给他看到自己这个样子。

过去的夏盈，在温庭面前虽没有到不可一世的地步，但总有几分优越感。

不怪她，而是温庭这个人，在温家就如同一枚弃子。或多或少，周围人对待温庭的态度，都会受几分影响。

温庭在他们那个阶层是一个反面教材，背弃家业，去从事他们认为不入流的事情。

夏盈没有了解过他的事，只是想这个人个性应该很强，毕竟在外人眼里，他放弃了别人羡慕的一切。

“慕思城对这里不熟，一时也找不到合适的人来接你，我就过来了。”温庭的声音其实很好听，但夏盈过去一直对他采取能避则避的态度，所以这会儿忽然跟他单独相处，就觉得很尴尬。

“哦。”她轻轻应了声，偏偏这个时候肚子又“咕噜”一声。

夏盈脸红了，还没酝酿好情绪，视线更不敢看温庭的眼睛。

“那边有位置，我们坐过去。”

便利店靠窗有一排座位，提供给客人用餐，夏盈便乖乖跟着温庭走过去坐。

坐下来之后，她镇定了几分，外面的雨势依旧滂沱，从他们这边望出去，简直如同一个水世界。

影视城本就沙土多，现下下雨之后，坑坑洼洼到处泥泞。夏盈有些受不了这种荒芜的景象，讷讷说："这里看起来不太安全。"

"所以你一个人不要到处乱走。"温庭温和的声音响起来。

我又不是孩子。夏盈心里有点想要反驳，但还是忍住了，毕竟对方是为了她好，虽然这口吻跟慕思城那个"老爹"口吻差不多。

夏盈动手拆饭团，然后她受到了今天第二次出糗"袭击"。

她居然连一个三角饭团都拆不好，七手八脚地还差点把饭团弄掉在地上。

夏盈，你可以改名叫白痴了。

一张湿纸巾递到夏盈面前，夏盈咬着唇乖乖接过，顺手把饭团递给温庭。

她看着男人用极其熟练的手势帮她把饭团拆解完成，再递还给她。

"可以吃了。"

你不说这句话我会更谢谢你。夏盈在心中小声道。

她红着脸，咬了一口饭团，努力提升视线，想要保持镇定地看向温庭。

那张俊美的面孔近在咫尺，他戴了一副黑色的复古框眼镜，大大的框架几乎遮去他半张脸。

那双眼睛是笑着的，很温柔地看着她。

夏盈心里“扑通”一声，平常她不会有这种感觉，现在可能只是受昨夜梦境的影响吧，毕竟在梦境里她见证了对方是如何温柔深情地对待自己。

他长了一双多情的眼，夏盈暗暗想。

“这样吃饭团会口干，我去买些喝的。你想要喝什么，泡面要泡吗？”温庭问她。

“不……不用了。”夏盈急忙阻止，她一点都不想温庭去给自己泡泡面。她现在没勇气在温庭面前吃下一桶她从未尝试过的辣味泡面，未免出现让自己更窘的情况。

“这里不是很方便，万一让别人认出来了就不太好。”夏盈找借口。

他轻轻一笑：“那好吧，我坐在这里不动。”

夏盈总觉得，她心里在想什么，这个人仿佛一清二楚。

“你平时也会来这样的地方？”夏盈望着窗外水茫茫的世界，出声问温庭。

“嗯，下戏了偶尔会来买些东西。”

“也这样便装？不会有人认出来？”她有几分好奇。

“一般不会认出来，我总是拣天黑或者人很少的情况，比如下这样大的雨。”

“可我看过那些明星被粉丝堵得水泄不通的视频。”夏盈接手公司之后，恶补了很多东西。

“会有这种情况。”温庭不否认，他明亮的星眸看着夏盈，微微一笑，“但现在并没有人跟着我们。”

“被人看到，比较麻烦的是你吧。”夏盈看他一眼。

温庭看着她的眼睛：“如果你愿意的话，可以公开我们的关系，我不反对。”

他这样说，让夏盈心里又“扑通”了一声，虽然她认为自己是被吓得，毕竟她不想要接受这种情况。

她从来讨厌复杂的事情，也不想受瞩目。

夏盈摇了摇头，选择对温庭说实话：“对不起，温庭，我不想要那样，我还没准备好。”

她这样说，温庭也早有预料，虽然心里不可避免有些难受，但他从未想过勉强她。

“你放心，你不同意的话，就不会发生公开的情况。”他淡淡一笑，温柔轻沉的声音让夏盈心中生起一丝愧疚。

夏盈静静地吃饭团。温庭喜欢她吃东西的样子，像小仓鼠，非常可爱，心会无法抑制地柔软起来。

从他的视角看过去，她脸蛋红扑扑的，大概因为他的关注而有些不自然，但这样故作镇定地咬东西，让他想到她小时候的模样。

梳着双马尾脸蛋圆圆的小女孩，吃得嘴巴鼓鼓的，在台下鼓掌。她真的，一点都没有变。

可能他的视线过于专注，夏盈疑惑的眼神看过来，他便移开了视线，作势看起手机的信息。

两个人之间的气氛很安静，饭团被夏盈吃完了，她看着在手机上输入什么的温庭，便问他：“是慕思城来的消息吗？”

温庭点点头。

夏盈想到慕思城那副操心的样子，站起身：“我们回酒店吧，省得他一直不安生。”

温庭因她的说辞嘴角微翘，同样想到慕思城入木三分的神情。

离开便利店，温庭撑着伞和夏盈一起走在雨里。

哗哗雨声里灰茫茫的街道，夏盈下意识地瞥向温庭，看见他的肩膀湿了一大半，这才发现他将伞偏向自己，而他自己那边则少得可怜。

夏盈扶正温庭偏向她的手，忍不住说：“你都淋湿了。”

“我没关系。”他温柔的语气，仿佛是稀松平常的事，却让夏盈再度感受到与梦境相同的情感。

她欲言又止地看着温庭，很想对他说些什么，但话语像被紧紧锁住，什么都说不出口。

夏盈轻轻抓住了温庭的手，把伞偏向他，并且没有松手，而是一直与他握在一起。

温庭心有所动，夏盈从来避免与他碰触，更不会像这样抓着自己的手。看来她真的很介意他淋雨这件事。

其实如果他搂住夏盈的话，这把伞遮他们俩就绰绰有余了，可夏盈应该不喜欢他这样，毕竟她一直都在和他保持距离。

正当温庭心底轻叹，决定还是维持绅士举止的时候，夏盈的手忽然攀上他的手臂。温庭吃惊地发现她竟以小鸟依人的姿势依偎过来，整个人都似被他圈在怀抱里那样。

“这样你就不用淋雨了。”他听到她甜美的声音。

思绪仿佛都在这一瞬间停转，雨声变成了最温柔的诱哄，这一刻，他多希望能够成为永恒。

晚上，慕思城在酒店设了宴席，请剧组成员一起用餐。夏盈没有出现，慕思城让她去休息了，一来她对这种事没有经验，二来他怕她跟温庭同时出现，会露出某些马脚。毕竟他们的关系不曾公开，是私密的。

慕思城这些细微方面的周全考虑，夏盈十分佩服，难怪他作为父亲的特别助理，身处要职在流光工作这么多年。

结束宴请后，慕思城还过来跟她汇报了一些事，并告诉她明早出发的时间。

夏盈闻到慕思城身上的酒味，但他的神情还是一贯的冷静，非常清醒。

“夏小姐，如果没什么事我就回房间了，晚安。”慕思城汇报完毕，准备离开。

“思城，要不要替你叫碗醒酒汤？那个……温庭也喝了很多酒吗？”夏盈忍不住问他，其实后半句才是她心里的重点。

她不太清楚剧组的这些场合，是不是都要喝很多酒。

“是的，温先生也喝了不少，他好像胃病犯了，比我更早离席。”慕思城的这句话，让夏盈在意。

“他有胃病？”她怔怔地问。

夏盈确定看到慕思城翻了个白眼，听到他平仄如机器人的声音：“任何三餐不定时的职业都容易患胃病，演员不用说了，身为你助理的我，也有胃病。你是要提供员工福利吗？”

他虽然说得犀利还颇有讽刺她的意味，但夏盈一点都不生气，毕竟他们这么做是为了谁她很清楚。

世上哪有别人为了你好，你还去生人家气的道理。

夏盈思索着说：“我等下去查下胃病食疗知识，还有以后我会提醒你三餐时间，思城。”

她说得郑重其事，慕思城愣了一下，被反将一军。

“思城，一直以来所有的事，真的谢谢你。”夏盈坦诚地看着他，决定说出自己这一刻心中所想。

“夏小姐，不要煽情。”慕思城继续维持面瘫，只是他不自在的视线还是让夏盈知悉了他在害羞。

夏盈察觉到慕思城这“可爱反差”的一面，心里忍俊不禁。

她让慕思城去休息，慕思城走到门口，忽又走回来站在她面前说：“夏小姐，如果你有什么为难的事可以告诉我，请允许我说句冒犯的话，我觉得你今天一直有些古怪。”

夏盈被他郑重的口吻逗笑，她真诚地说：“思城，爸爸去世后，我接任公司。你知道我有很多不适应，也没什么经验，做错了很多事，但我决心以后要好好做，不对的地方也要改正过来。我信任你，以后我有什么你不认可的地方，我希望你直接对我说出来，不要隐瞒。”

慕思城听她这一席话，越发用一种崭新的目光看她。

“夏小姐，我记住了。”他说得不客气，但夏盈听了反而高兴。

“思城，我还想拜托你一件事。《日暮晚风晓》这个项目，贺咏伦一直坚持要用女星郭依妮，郭依妮的所属公司星辉娱乐，我想请你暗中调查一下，贺咏伦和这家公司有没有特别的关系。”

夏盈能够想到这些事，让慕思城很吃惊，他看着她：“夏小姐，我知道了，我会悄悄进行。”

当晚，温庭和慕思城两个人都收到了来自夏盈保护肠胃的知识短信。

慕思城冷哼一声：“这小丫头。”扔了手机投向柔软的被褥。

而温庭则握着手机看了半天，心里淡淡的甜蜜许久无法散去。

第二天，夏盈一大早就离开了暮山影视城。

温庭有早戏，没有来送夏盈。夏盈坐在车里看着暮山的风景，一草一木都越来越远的时候，心情有些复杂。不用见到温庭让她觉得松了口气，但又有份道不明的惆怅。

她回到公司用过午餐后，赶上下午的例行会议。

贺咏伦主持会议，夏盈仔细地听取各部门汇报近期的工作。

到了讨论《日暮晚风晓》项目的环节，夏盈听着贺咏伦游刃有余的讲演，看着投屏上精彩的 PPT。

夏盈观察众人的反应。毫无疑问，经过贺咏伦的巧舌如簧，大家都认可这是一个可行的项目。

贺咏伦志得意满地宣布执行时间，这时夏盈却出了声："对男主角用温庭这部分，我持反对意见。"

她这句话一出，会议室的众人都有些吃惊地看向她。

贺咏伦的神色变了，亦望向夏盈。他绝对没有想到，夏盈会在此时站到他的对立面。

夏盈面对那些审视她、怀疑她的视线，深吸一口气，继续自己的发言："温庭是我们流光影视的招牌，今年他已经付出半年档期拍摄了《沧澜》。

"《沧澜》对我们明年的盈利有多重要，相信在座诸位都清楚。《日暮晚风晓》无论是题材还是投资，都无法和《沧澜》

相提并论。这样一个项目，无须动用到我们的明星选手。

“温庭有他自身的定位，蔡时珍导演正在筹备的文艺电影属意他来演男主角。蔡导的地位和他片子的拿奖概率相信不用我多说。我的意见是，温庭没有可以浪费的时间，《日暮晚风晓》与他的定位格格不入。”

夏盈一字一句说得清清楚楚，艺人经纪部的何经理率先支持她：“董事长说得不错，温庭是我们流光的招牌，《日暮晚风晓》的确和他的定位不符。我个人也认为，男主角更适合选择刚刚出头的流量小生。”

夏盈注意到贺咏伦并不好看的脸色。她能够理解贺咏伦对她这番言辞的反应，毕竟这相当于当众打他脸，和他唱了对台戏。

但夏盈觉得，这是她再三思考的决定，温庭不需要出演这部剧，她无法忘记在房车外听到的那番话。

“这部戏是我们在青春偶像剧这块市场的一次重要试探，启用温庭也是为了保证万无一失。如果能打开这个局面，也是为我们艺人部的其他年轻演员未来提供更多更好的机会。

“这与温庭的定位与否无关，他身为流光影视的艺人，当然要为了公司尽心尽力。”

贺咏伦以严肃的口吻，继续自己的观点。

“贺总经理的话有道理，温庭是《日暮晚风晓》成功的保障，启用他的话，不愁话题和热度。什么时候一个艺人本身比公司更高贵了？为了温庭的发展，而放弃公司这块的收益，我觉得很无理。”

左建安，夏盈记住这个迎合贺咏伦的企划部部长。他的论调她很不喜欢，还总是高高在上的嘴脸。

“左部长，我可以替你翻译一下夏董事长的意思，她想说的是‘杀鸡焉用牛刀’。”慕思城清冷的声音忽然响起。

左建安心上一怵，对上慕思城犀利的视线。

慕思城冷冷地说：“身为企划部部长，我不知道你广告学入门的时候老师怎么教你？‘口碑’两个字，请问你还记得吗？维系一个品牌、一件商品，其中最难的两个字就是‘口碑’。

“温庭目前的成绩，在口碑上无可挑剔。夏董事长把他比作一块招牌，维护他的口碑亦是在维护我们流光影视的口碑。这关系到未来一系列的产品线。

“任何时候都忌讳‘短视’。《日暮晚风晓》能够跟《沧澜》相提并论吗？两者中谁的收益更大，谁关系到明年的财报大家年终的红利？相信不需我多言。在座的诸位心里都清楚。我的观点和董事长相同，温庭不适合出演《日暮晚风晓》的男主角。”

慕思城说完后众人都发出附和的声音。

夏盈一脸严正地坐在那里，虽然心里很想给慕思城的锋利言论鼓掌，但面上依旧维持“装样儿”的镇定。

这一刻，无视贺咏伦不满的神情，她只有一种安定下来的神清气爽，她认为自己做了正确的决定。

夏盈准备回家，办公室门打开，贺咏伦不请自来。

“盈盈，刚才为什么要这么做？”

他问得理所当然，夏盈观他神情，第一次觉得他的举动有失分寸。她的声音不自觉变冷：“我的理由，在会议上已经说得很清楚。”

贺咏伦察觉到她的不快，改换了语调，柔和自己的语气：“《日暮晚风晓》你不是一直支持的吗？我之前就和你说过想要温庭演男主角，你也同意了，我不懂你为什么忽然改了主意。”

“咏伦，我刚接手公司，一开始有些事情都摸不着方向。后来我仔细看过《日暮晚风晓》的企划，得出了现在的结论。这部戏配不上温庭。”

她这样直接明了的话，让贺咏伦心烦意乱，为她维护温庭的语气，又为抓不住她的情绪而感到焦躁。

然而他面上依旧冷静压抑，维持着自己的风度。他柔声说：“夏盈，你不能太理想化，是温庭对你说了什么，他不想演这部戏？”

他推测的理由只有温庭，夏盈刚去过暮山，没道理一夕之间她发生这样大的变化，所以他笃定是温庭对夏盈说了什么。

他不提温庭还好，提到温庭就让夏盈想到温庭在房车上对秦盛说的那些话。即使温庭不中意这出戏，却依旧考虑到她在公司的话语权而想为她做出让步。

然而贺咏伦到底在坚持些什么？他越是这样，夏盈心底的疑惑也越深。

原本受梦境的影响，她只是起了些疑心，但现在贺咏伦的所作所为，让她的疑心无限放大。

夏盈冷清清一笑，看着贺咏伦说：“郭依妮是什么水准？一个刚出头的二线小花，凭什么要流光的招牌来配？我看了下她的所属公司，星辉娱乐，更是未曾听闻的新公司。贺咏伦，请问你是怎么想到请她来演女主角的？又为什么非她不可？”

梦境里这两个人不能见人的关系，虽不能当作现实，可现在夏盈觉得，她可以揪着这个来问一问。

夏盈犀利的问询让贺咏伦怔了一下，他心中万千头绪，只有“危险”两个字。

“这是许导向我推荐的女演员，我和她并不熟。如果你不中意她，完全可以换掉女主角。启用她一是因为导演的推荐，二是因为星辉承诺可以拉到投资。盈盈，我根本不认识这个郭依妮，你不喜欢的话……”他的声音低沉又黯然。

“我没有不喜欢，我不认识她，也不感兴趣。你完全有权利选择适合的女演员，只是温庭，不演这部戏。”夏盈把自己的观点再一次清清楚楚地重复。

贺咏伦心中知晓她主意已定。他可以做这个让步，可现在更严重的是他的危机感，不是《日暮晚风晓》这部戏，而是夏盈对他的态度。

她似乎不再全然信赖他说的话，甚至与他背道而驰，这让贺咏伦觉得极度危险。

“那我知道了，盈盈，我会按照你说的做。男主角另择人选，对不起，可能是我太想成功，你知道的，为这个企划我熬了多久，很想做出一番成绩。”男人低下头，歉然的语气听起来很是诚恳。

他这些话，让夏盈想到过去他们曾在书房一同做企划的日子，他也对她讲过他的理想跟抱负。

或许她受梦境影响太多，对贺咏伦的态度欠妥。

“盈盈，你要回家？我送你回去吧？”

“不用，慕思城在楼下等我，我还要和他去一个地方。”

“他要带你去哪里？盈盈，你别太累了，这段日子不是一直失眠吗？”贺咏伦声音关怀，脸上写满了担忧。

“你忘了吗？下周是流光的二十周年纪念日，我去挑选一下礼服。”

夏盈发觉自己的这句话让贺咏伦的神色松了下来。

她暗想贺咏伦刚才在紧张什么，自己和慕思城有他不知道的行程，让他如此紧张吗？

这样的想法，让夏盈升起的一点内疚又被疑云取代。

第四章 偷窥他的朋友圈

夏盈睡前喝了一杯牛奶，躺到床上才发现父亲送给她的那块玉佩还在枕头底下。夏盈轻轻摩挲了几下，又把它放在枕下，总觉得这样父亲就好像仍在守护她。

她又做梦了。

梦境里的她在和温庭争吵。

“所以你让她睡在我房间？”她气得要命，洁癖让她想要呕吐，他居然把跟他有染的女人带回来，是怎样的有恃无恐卑劣下流。

“我没有，我根本不知道……”温庭还未讲完的话被夏盈打断。

她嘲讽轻蔑地说：“我不管你跟她是什么关系，毕竟她和你演了几个月的戏，剧组夫妻听说也很常见。我无法容忍的是，你要和她睡就带回自己房间，让她在我房里是怎么回事？令人作呕！还让她动我的东西？她拿的那个发夹是贺咏伦送我的礼物，我完全可以送她去警局！”

“夏盈，我再说一遍，我不知道发生了什么，我和郭依妮没有任何关系，更没有邀请她，我只是在自己房间休息。至于她为什么会出现在你房间，甚至拿你的发夹，我一无所知。你要报警的话我不反对。”

夏盈看见温庭压抑又痛苦的神情，他的脸色有些不健康的苍白，可那个在怒火中的自己完全视而不见。

“报警之后被人嘲笑丢脸的还是我。”她冷笑，“上星期刚公开了我们结婚的消息，现下让一个女演员登堂入室，任谁都能猜到发生了什么。温庭，你是吃定了我怕丢脸而在这里有恃无恐，还假惺惺说什么随便我报警？”

“你……”温庭想要说什么却剧烈地咳嗽起来，她却一点都不在乎他脸上的病态。

她嫌恶地看着他：“你让我觉得肮脏，因为《沧澜》的关系我们现在不能离婚，最迟明年，这桩荒唐的婚姻就能结束。”

她转身欲走，却在下一刻被他紧紧抓住了手腕，他修长的手指扣着她手腕，指尖灼热，这种碰触却让她避之不及。

她想要甩脱他，奈何他力气大过她。

“你干什么？放开我！我警告你，你的合约还握在我手里，我可以让你再也无法演戏！温庭，你只是温家的弃子，除了你现在拥有的那些虚幻名气，你什么都没有，随时都可能变得一无所有！”

“我在你眼里就是这样？一个卑劣的戏子？原来你是这样看我的，你一点都不相信我是不是？即使我说了我没有做任何对不起你、对不起我们婚姻的事，你还是认定我有罪。”他神情虚弱，终是放开了她。

在她欲走出房间的那一瞬，她又听到他暗哑的声音：“也许你该去问问贺咏伦，郭依妮为什么会出现在这里，和他又是什么关系。你太相信这个人，万一被他骗了……”

他还未说完，她已走到他面前，蓦地一巴掌掴到他脸上。

“温庭，我和咏伦一起长大，他是什么人我比你更清楚！至少他从不在背后说人。别用你龌龊的心思揣测我和咏伦，只要那张结婚证还有法律效力，无论这个婚姻有多可笑，我都不会做出像你一样的事。你自己不检点，别把什么人都看成跟你一样！”

温庭定在她身上的目光令夏盈难以忘记，那是一种伤到极点隐忍哀切的绝望眼神。

夏盈在深度的梦境里挣扎，她仿佛知道自己在做梦，想要拼命醒过来。但如同沉重的枷锁压抑束缚，怎么挣扎都醒不过来，她快喘不过气。

她又看到了郭依妮依偎在贺咏伦怀里的画面，郭依妮笑得娇俏得意：“你还不感谢我吗？无心插柳柳成荫，这下夏盈恨死温庭了，对你是不是大大的助益？”

贺咏伦英俊冷漠的脸盯视着这个女人，夏盈看到他在郭依妮柔软纤细的腰肢上掐了一下，还以为要亲昵爱抚，然而瞬间贺咏伦揪住了郭依妮的长发，扳直她的脸，揪得她的俏脸变形痛呼。

男人低沉的声音说道：“别以为我不知道你偷跑来夏家干什么。郭依妮，你居然还敢偷我送她的东西？”

“咏伦，我错了，我不是故意的，饶了我吧，啊！”郭依妮被男人揪痛，发出惊慌的声音。

夏盈在惊慌里挣扎醒来，清醒过来的时候四周仍是一片漆黑，她仍旧在床上，听得到自己急促惊恐的呼吸。

又是一个梦！仍然极度诡异、极度逼真，逼真得宛若真的发生过。

夏盈浑身发抖，背后亦是一股凉意。

她急速地拧开灯，让橘色的灯光充斥室内，才稍稍减轻了对梦境的恐惧。

她喘息着，大脑不受控制地飞速思考。

那是在怎样情况下发生的事呢，是温庭演了《日暮晚风晓》吗？但现在她已经拒绝贺咏伦的提议，温庭不会出演《日暮晚风晓》了。他不演《日暮晚风晓》就不会认识郭依妮，郭依妮也不可能介入到他们的生活。

想到这一点，夏盈的情绪稳定了一些，心也逐渐安定下来。

还有那个发夹，夏盈强迫自己回忆一遍梦境，她自己至今收到的礼物里面似乎并没有那个发夹。

但这怪异的一切，还是让夏盈感到不舒服。

她按亮手机，才凌晨四点半。

她已经丝毫没有睡意了。

她不知道自己最近为什么一直做这样近乎逼真的诡异怪梦，但似乎梦境都能给她警示作用。

今晚的这个梦，让她害怕，害怕自己会那样误会温庭，她无法忘记梦境里温庭绝望的眼神。

然后她又疑惑，她真有那样喜欢贺咏伦吗？

为何梦境里那个她，那样全然维护贺咏伦的口吻。

夏盈认真地自省，到目前为止，她和贺咏伦的关系，只是青梅竹马一起长大，比起朋友更亲密一些，但也绝不是恋人。

在没有做这些怪梦之前，她信任贺咏伦，把他看作亲人一样。

不可否认，他的意见她会听，他的看法也会影响她，她似乎是全盘接受？

夏盈审视自身之后，嗅到了危险。的确，父亲过世后的这段日子，她似乎太依赖贺咏伦了。

如果贺咏伦不若她想的那样好，而如梦境里藏着另一副面孔，那她会被贺咏伦带到何种境地？

夏盈泛起鸡皮疙瘩，简直是被他带到沟里去啊。

她的理智让她回想一遍最近两天发生的事。还好她去了暮山影视城，亲耳听到秦盛与温庭的交谈，才了解这位金牌经纪人原来对《日暮晚风晓》是这样反对的态度。

还好昨天在会议上否决了贺咏伦的提议。

如果没有暮山一行，她一定不会对贺咏伦提出异议。而温庭出演《日暮晚风晓》的话，后面是不是要发生今晚梦境里可怕的事情？

夏盈使劲晃了晃脑袋，拨乱头发，努力平稳自己的情绪，心里有一道警示的声音，以后要更加细心地观察周围的一切，偏听则暗兼听则明。

因睡不着，夏盈心情有些低落地拿起手机翻朋友圈。她的朋友圈里乏善可陈，最多的是朋友旅游购物晒的照片。

夏盈鬼使神差地找到温庭，想看看他会发些什么。

温庭很少发朋友圈，每一条的间隙可能有一两个月，夏盈看到了各异的风景，有漫天黄沙的焦土，有海上的夕阳，还有长河落日的沙漠。

这一定是他拍戏到过的各个地方。他如同一个摄影诗人，用风景记录着自己的所思所想。

夏盈还发觉温庭的一项爱好，他似乎爱好登山。

照片里有很多他穿着全套装备登顶的画面。他登得最多的是江城市郊的红叶山。

夏盈不觉莞尔，看来大明星的爱好也很平凡。他攀登红叶山的时候，似乎都没被粉丝认出来，可能仰赖于他的全副武装。

夏盈发现自己很喜欢温庭的这一面，那让他更生活化，多了许多烟火气。

第二天是周末，夏盈安排了美容院的日常护理。

等她做完全套护理，想要让发型师修饰一下自己发型的时候，她望着镜中的自己，忽然问：“Sammy，你觉得短发适合我吗？”

Sammy 怔了一下，他是夏盈的御用发型师，为夏盈服务很多年，知道她有多宝贝自己的长发。

“夏小姐，你脸形好，又很瘦，短发也会非常合适你。”Sammy 斟酌一番说道。

“那剪掉吧，我想要换一个发型。”

夏盈说得这样干脆，让 Sammy 愣了愣。

“剪掉？”

“嗯。我想要一个清爽的发型。”

夏盈看着镜子里自己的脸，忽然觉得这种愿望非常迫切。她讨厌梦境里的那个自己，无论是躺在殡仪馆的那具尸体，还是昨天跟温庭吵架的样子。

那个她与镜中的自己重合在一起，不，她不想要这个样子。

“剪掉！”

夏盈肯定地再重复了一遍，坚定的声音让 Sammy 了解到她的决心。

Sammy 马上有眼色地把发型图册奉上给夏盈挑选，并随着夏盈的喜好，提供自己的专业意见。

夏盈再度走出美容室时焕然一新。

来接她的慕思城看到夏盈，愣了一下：“你剪头发了？”

慕思城破天荒地说了公事以外的话。

夏盈笑起来，在他面前转了个圈：“你觉得怎么样？”

“还可以。”慕思城不愧直男本男，简短淡定地说。

“那就是很好。”夏盈自我解读，好心情地笑起来，只觉自己的身体都随剪掉的长发变得轻盈，“符合夏天的感觉，我很喜欢。”

“今天是周末，还要把你叫到公司，以后有机会，一定给你放个大长假。”坐在车上，夏盈转头看着亲自开车的慕思城。

“无妨，反正闲着也是闲着，夏小姐勤奋努力，我很欣慰。”

“思城，你没有女朋友吧？”虽是问句，夏盈却说得肯定。

慕思城狐疑地看她一眼：“为何？”

“就你这种语气这种个性，我实在很难想象哪位女性受得了你。”夏盈笑起来，“喂，你这样说话，女孩子都被你气饱了。”

慕思城遭遇直男思维的危机，他觉得自己说话并无不妥。

“下周的二十周年纪念晚会，方老他们都会到场？”夏盈问回公事，她也明白这次纪念晚宴的重要。

这既是她继任后的第一次大型活动，股东们都会到场，也是她作为流光影视董事长在媒体前的首次露脸。

“发言稿我给你准备好了，你只需要记住一件事，你是流光影视新任的董事长。”慕思城沉稳的声音回复夏盈，没有一丝犹豫。

夏盈点点头，又听到慕思城说了句让她怔忪的话：“不要让贺咏伦上场，即使不想应付这样的场合，也必须你自己亲自出面。”

“思城，我知道。”夏盈回应他。

得她保证，慕思城不再说话，专心开车。

夏盈在自己办公桌上发现了一个快递盒。

她拆开包装，发现里面是出乎意料精美的包装，一层套一层，最后拆出一只粉色的礼盒。

她读了卡片，寄出的人是贺咏伦。

这是贺咏伦送她的礼物。

夏盈打开粉盒，在看到里面静静躺着的那个发夹时，吓得失手将其扔到地上。

镶嵌了海蓝色宝石的精美发夹躺在地上，夏盈瞪视着它，一颗心被大片阴影笼罩。

这发夹与她梦境里的发夹一模一样！

诡异的现实与梦境交错的感觉，实在无法用言语来形容。

夏盈承认自己被吓到了。这发夹于她而言，跟噩梦没有区别。

她终是拥有了这样东西，而且还是贺咏伦送的。

只不过与梦境中天差地别的心情，梦境中的她似乎很珍惜，而现实里的她，只有满心的阴影与抗拒。

她的手下意识地想抚一抚自己的发，才发觉空空如也，对了，她才刚剪的短发。

这一认知让夏盈如释重负。

她捡起那个发夹，重新把它放回礼盒，不想再看一眼，随手扔进了抽屉里。

她发誓绝对不要带回家，也不会让它出现在自己的卧室里。

这发夹的存在就如同在提醒她梦境里恶心的画面。

周一，夏盈依旧关在办公室用心“补习”。她才发现流光旗下的艺人经纪部门，居然有这么多待发展的年轻演员。

夏盈看着那些小鲜肉与美女小姐姐，大饱眼福。

“你让我在这些男演员里挑选《日暮晚风晓》的男二号？”夏盈看着站在她办公桌前的慕思城。

慕思城穿着黑西服白衬衫，一丝不苟，让她想到动漫里的万能管家。

“事实上，如果大胆一点，启用男一也不错，只不过贺先生绝对不会同意。”慕思城面无表情地说。

这个想法的确大胆，夏盈低头看那些履历。

“关于星辉……”夏盈抬头瞥一眼慕思城。

“还在查，周五前能有结果。”慕思城看着夏盈的眼睛。

面对这样一点即通的特助，夏盈也只有点头的份。

她低下头，装作无心地说：“谢谢你，思城。”

“分内之事。”慕思城淡声回应。

夏盈只笑了笑。慕思城开门离开的时候，恰逢贺咏伦走进来。

贺咏伦跟慕思城打了声招呼。慕思城关门的瞬间，望见夏盈一下变得谨慎的神色。慕思城心底有些恻隐，想这个女孩这些日子，真的承受了很多，但有些事，只能她自己去面对。

“盈盈，我的礼物你……”贺咏伦风度翩翩的温润话语，在看见一头短发的夏盈时戛然而止。

“你……你剪了头发？”贺咏伦瞪着夏盈那一头短到不能再短的清爽短发，心里一瞬间泛起疑问也涌起许多情绪。

这种不安和难以掌控的感觉，让贺咏伦极度厌恶。从什么时候起，他对夏盈的一举一动开始失了预判，毫无头绪呢？

“周六去美容室的时候说想换个发型，后来才收到你的礼物，真是不凑巧了。”夏盈淡淡一笑，也不避开贺咏伦的视线。

随他怎么想，反正她说的是事实。她压根没想到他会在这个时候送她发夹。

但这话落在贺咏伦耳里，怎么听怎么有嘲讽的意味。

他转换声调，低沉的语声里透露出遗憾：“这件礼物我特意找人定制的，请的老工匠，镶嵌的也是我在拍卖行得到的钻石，那钻石有两百年的历史，据闻是一位伯爵夫人的结婚项链。被给予了美好的祝福，无论谁得到它，都能得到美好的姻缘。”

“这太贵重了。”夏盈脸上露出不好意思的神情。

“你值得，盈盈。”贺咏伦深情的眼睛望着她。

这位先生，你这样把天聊死就很尴尬啊。

夏盈觉得自己承受不住他突然这么深情专注的眼神，尴尬的情绪占满心头。

“咏伦，关于《日暮晚风晓》，你有没有想过让我们公司的新生势力出演男主角？”夏盈低下头，不动声色地把话题调回工作上。

贺咏伦怔了一下:“用新人？”他马上否定这个想法，“盈盈，我不理解你最近是怎么了。我接受你不让温庭出演的理由，可一下又要换没有人气也没有名头的新人，你对《日暮晚风晓》这个项目是有什么意见？”

这话说得够犀利啊！夏盈暗想，怎么就一下都推给她，觉得是她对项目有意见，难道还要扣锅给她认为她想拖他后腿？

夏盈有些生气，又觉得贺咏伦很是迂腐，一点创新和大胆的精神都没有。

果然，如慕思城所说，他根本想都没想就否定。

夏盈对贺咏伦有些失望，她曾觉得他非常有能力，做什么都筹谋远瞩游刃有余。可为什么，如今她竟觉得他目光浅薄呢？

“《日暮晚风晓》虽不如《沧澜》那样投资大，但也是流光用了心的项目，我怎么会对它有意见。我的提议当然是出于对公司好的立场，公司演员部的新生力量，我不觉得有什么配不上。《日暮晚风晓》启用新鲜的面孔，一来会给观众新鲜感，二来谁都不是生来就有流量有名气，善于发掘好苗子，培养出新星才是我们流光的力量。”

贺咏伦似乎气笑了，他淡淡一笑：“夏盈，你太天真太理想化了。你知道现在的市场是什么样子吗？环境萧条竞争激烈。启用一个谁也不知道的新人，这项目从开始就不会得到任何人的关注。没有人议论，没有人感兴趣，最后悄无声息地播完，全盘砸掉，不用说上星了，就是卖到视频网站，可能点击率也惨淡得惊人。那《日暮晚风晓》就会成为一个失败的作品。”

夏盈虽然承认贺咏伦的话不无道理，但她仍想反驳：“流光的宣传部门不是摆设，广告和营销也没有罢工，为什么你会觉得我们创造不出观众感兴趣的话题，让他们去关注这部剧呢？”

“这是慕思城的观点还是你的？我只能说，你们都太理想化。投资商的钱不是凭空掉下来，启用流光的小透明，你先看看有没有人愿意投资？如果投资商都撤出了，最后大头要流光来，那我们承受的风险就更大。”贺咏伦沉稳凝重的语调，说得夏盈失声。

好吧，她承认自己似乎是败了。

“咏伦，我只是提议，这是我的想法，不是其他任何人。慕思城给我的资料让我考虑男二号，他知道你不会认可起用新人来演男主角。”夏盈坦白地说。

“那么，我希望你可以学会一课，不要再用这么天真的思维来理解市场。”贺咏伦看着夏盈的眼睛。

有那么一瞬，夏盈感受到贺咏伦是真的为她好，但她心底仍旧无法认同贺咏伦的这种观点。她心里有簇小小的火苗，始终觉得，何谓新生力量，那便是预示着一切不可能和惊喜？

然而贺咏伦连这种机会都不能给予，从事艺术创作的工作，却如此刻板严谨，夏盈觉得，和他工作，会因太过现实冰冷而失去梦想的温度。

第五章 爱的告白

这一周夏盈忙得快要飞起来，周五下午她好不容易有点闲暇，鬼使神差地找出温庭以前演的电影来看。

温庭很早就参演了电影。那时候温庭还是大学三年级戏剧学院在读学生，被著名的文艺片导演蔡时珍看中，演了他电影里的一个配角。虽然只有十分钟左右的戏份，但这个角色让温庭一炮而红，走进大家的视线。

时至今日，温庭已经出演七部电影，两部电视剧。而这七部电影里有四部，温庭都是男主角。

二十六岁的温庭，可塑性极强。他演过疯子，演过罪犯，也演过阳光开朗积极向上的青年，“演什么像什么”是大众对他的评价，票房和口碑一直都保持得不错。

夏盈这些天熟读他的履历，补课他的作品，发现他很爱惜羽毛，作品挑选极为慎重。

越知悉这点，想到他为了自己居然同意接《日暮晚风晓》，夏盈在内疚的同时，不可抑制地想到梦境里那个看起来极度深爱自己的温庭，他真的是爱着她的吗？

这是一个会让夏盈失去从容思考能力的问题。她潜意识总是想逃避，但又不能对某些事视而不见。

夏盈渐渐地被电影吸引，忘却了温庭本身，而是电影里他演的人物许志。

夏盈喜欢这部叫《海岸风》的电影，电影里温庭扮演的主角，是一个坐过牢因事故而有听力障碍的年轻人。

画面上温庭在扫地，褴褛的衣衫，破旧毛边的工厂裤，他住的地方简陋得让人心酸。

在心爱的女人出现在他面前时，夏盈都怜惜地要跟着哭了。

他身上那种让人身临其境的魅力，质朴生动。他的眼睛极为摄人，你望着它，就仿佛感知他的情绪，他脸上细微的表情都极富感染力，让观众共情。

夏盈意识到温庭的珍贵在哪里，生动自然的说服力，仿佛真的存在那么一个许志，他有太多故事太多苦衷，满身悲惨，却依旧善良得让人心碎。

慕思城进来的时候夏盈正揪着纸巾擦拭鼻涕。她的眼眶红红的，鼻子都塞了，为男主角最后的结局。

看慕思城盯着自己欲言又止，夏盈急忙解释："我……我在看电影……"声音含糊，然后她又不顾形象，在慕思城面前擤了下鼻涕。

电影的片尾音乐放出，夏盈忙按了暂停键，抬头问慕思城："是有什么事吗？"

“你在看《海岸风》？”

“你光听音乐就知道？”夏盈瞪大眼睛看他。

“很不错的电影。我们流光影视主投，夏老先生还在的时候，入门的新员工都要求看这部电影。”

夏盈点点头：“我也是因为看到是我们公司出品的，才先看的这部，真是好片子，刘行知导演非常棒。”

“夏老也非常喜欢这部片子。”慕思城的声音里透露出怀念，“温庭演这部电影的时候才二十三岁，就能够把握那么复杂深刻的感情，所以夏老常说，他生来就是做演员的。”

夏盈很吃惊，父亲居然对温庭有这样高的评价。原本父亲要她和温庭结婚的时候，她因为太过排斥和觉得荒唐，还和父亲吵了一架，最后她的理解是，这只不过是为了商业利益结盟的手段，却从未想过，父亲居然欣赏温庭。

慕思城看她的眼神仿佛在说你不知道的事情还有很多。

夏盈被他瞧得有点发堵。

慕思城又说：“《沧澜》昨天杀青了，温先生今天应该会回来。”

《沧澜》昨天杀青她是知道的，毕竟是公司的重点项目，自然有人不时在她耳边汇报。

但温庭要回来这件事，夏盈觉得自己有点不想去思考，毕竟他们还从未好好相处过，现下他要回来了，她也不知道自己在紧张些什么。

“你就是要说这个？”夏盈不太想讨论温庭的事情。

慕思城将一份文件放到她面前：“关于星辉娱乐的调查。”

夏盈的神情凝重起来。她翻开文件，仔细地阅读起来。

她看完后抽了一口气，与慕思城对视：“所以说星辉背后的主人，其实是贺咏伦？”

“是，他做得非常隐蔽。星辉表面上的CEO，与贺咏伦看起来没有一点关系，我也是费了一番周折，才查清这里面弯弯道道的关系。总的来说，拥有星辉最多股份的汪远值，是贺咏伦的亲信。”

“所以他是不满足自己在流光的位置，想要另起炉灶单干？”

“就怕还没这么简单。他现在利用流光，做《日暮晚风晓》这个项目。”

“他还想要温庭演男主角，带他们星辉的人。”夏盈莫名有点生气起来。

“好处全得，用大号养小号。”慕思城言简意赅。

“我没想到他会这样。”夏盈是有些冲击的，贺咏伦是父亲资助养大的孩子，在他们家跟养子没有区别。

夏盈从没想过他会有二心，甚至不满足在流光的位置。

他竟是这样野心勃勃的一个人。不，甚至没有良心。

“目前只能证明他跟星辉的关系，要看他怎么做。也不一定说他就是要对流光不利。但流光也不能接受有异心的人。”

慕思城有一说一，“贺咏伦在流光的势力，比你想象的要深。部分股东是站在他那边的，夏小姐，这点你必须有所了解。”

“你是说，如果我和他对立，我不一定能掌控流光的大局，最后还有可能输了流光？”

“虽然很残酷，但现实来说是。”慕思城面无表情地回答。

夏盈的心像被什么敲了一下。

“怎么会这样？爸爸给我的股份有百分之四十五，那就是说……”

“你想得没错，作为一名领导者，他比你更得那些股东的心，但这也是因为他在流光工作多年，扶植了自己的力量。而你新手入门，与他比起来，不过是菜鸟。”

慕思城的话句句犀利，夏盈却知道他说的都是实话。

“思城，我该怎么办？”

“不怯，继续做好自己分内的事。用实力告诉大家，你胜任得了流光的董事长。”慕思城沉稳的声音，给了夏盈一些信心。

“那关于他和星辉……”

“按兵不动，你现在不可能动得了他。”慕思城直言不讳。

夏盈看他拿过她看完的调查文件，粉碎在碎纸机里。

“夏小姐，要对自己有信心。”慕思城回头看她。

夏盈坐司机的车回到家。

想到温庭可能会回来，她就想到他房间看一下，是不是要让何嫂重新打扫一下，或者有什么缺的给添置上。

毕竟温庭时常在外，这间房基本上是空置的。

其实打扫什么根本不用担心，就算他不住在这里，打扫的用人也是从来不会懈怠的。

不过，夏盈还是想看一下，避免有什么疏漏。

她拉开门走进温庭的房间，然后就呆住了。

床上有人，还是个裸男。

夏盈又羞又窘，想要捂眼睛，可下意识地瞥过去，发觉温庭睡着了。她扑通扑通的心脏稍微安定了一些，虽然面颊还是热辣辣的。

这个人怎么有裸睡的习惯啊！夏盈腹诽着。

人家在自己的房间里，想怎么睡就怎么睡啊。她心里另一个小人儿也参与了辩论。

夏盈红着脸望过去。

温庭背对着她，整个后背都是赤裸的，他美好的肉体与一条淡灰色的丝被相缠，若隐若现的部分则更加让人遐想。

因为健身的缘故，他虽然瘦，可肌肉的线条非常美。

夏盈不知所措，脑海里不可避免地放映起方才电影里唯美朦胧的床戏。虽然是隐晦的手法表现，但温庭在电影里的肉体实在让人印象深刻，他的腿好长，有种胸部以下全是腿的错觉，还有他的屁股很翘……

现下裸男就在面前，夏盈不可控制地想着某些颜色废料，她急忙抑制住放肆的思想，打算落荒而逃。

但好巧不巧的是，这时忽然响起手机铃声，吓得夏盈几乎跳起来。

是温庭的手机。

她看到男人被手机吵醒，慵懒地接通电话，声音带着似醒非醒的喑哑：“喂……”

他醒了。

夏盈觉得自己窘透了，这会儿只要温庭回头，就能看到身后的她。

她站在他房间，偷窥他睡觉？

在温庭的立场，怎么看都是她失礼。

夏盈好想有个地洞，钻进去。

“嗯，我知道，下星期会和蔡导见面。”温庭的声音低沉性感。

见他翻身坐起来，夏盈大惊失色。

丝被从他身上滑落，他只穿着一条紧身内裤，几乎全裸。

夏盈下意识地捂住自己的眼睛，花容失色：“你……”

温庭挂断电话，听到声音回过头看到夏盈，与她面面相觑。

夏盈觉得自己像个傻瓜，而温庭则彻底醒过来，怔怔地看着她。

“你……在我房里，有什么事？”自从他们结婚以来，从未在他卧室出现过的夏盈现下站在他卧室里，对温庭冲击很大，以为她有什么重要的事情。

夏盈脸烧透了：“你……能不能……穿上衣服？”

哈，到底在说什么呀？夏盈在心里暗骂自己。

她的视线不可避免瞄到他裸露的腰部，天哪，真的好性感。与他视线对上，她像只受惊的小兔那样急忙转过身，脸烫得快要爆炸了。

温庭低头看了下自己，一只手拨过蓬乱的头发，拿过放在旁边的 T 恤套了起来。

“对不起，这是我的习惯，我以为不会有人……”

他越说她越窘，她急忙结巴道：“我……我听慕思城说你要回来了，就想来看看你房间打扫得好不好……”谁能想到他已经回来了，而且还在床上裸睡。

温庭弄明白她出现在此处的原因，哑然失笑。

夏盈听到他低沉温柔的声音：“夏盈，谢谢你。不过你可以转过来，我已经穿好衣服了。”

夏盈感到面颊仍未降温，一定到了通红的程度。想到自己浑身冒着傻气的模样，她忍不住咬唇。

又听到温庭说：“其实没关系，我本来就属于你，你可以看。”

夏盈这下真的无言以对了。她怔怔瞪着温庭，而说出这话的男人，却好整以暇地靠在床上，以一种放松恣意的态度望着她，这……这要我怎么回答呀？

夏盈可以发誓她人生里还从未遇到过这种状况，这个男人对她讲这么肉麻的话，偏偏他还是她名义上的丈夫。

温庭看着她这样窘到一言不发的模样感觉很有趣，低笑一声。

夏盈是个十分要面子的姑娘：“别拿我开玩笑。”

“我没有开玩笑，我说的是真的。”他居然这样回答她。

夏盈看他坦坦荡荡的样子，彻底败下阵来。

她脸上的温度又迅速灼烧，但温庭的话触动了她心里一丝朦胧的想法：“爸爸不在了，在法律上，你确实是我最亲的人了。”

这是她最近几日在难眠的夜里想到的。母亲去世得早，她的生命里一直只有父亲。而现在父亲过世了，这世上仿若孤孤单单只剩她一人，唯一法律上与她关系最亲近的人居然是温庭。

过去她还想依赖从小一起长大的贺咏伦，但星辉的事情，让她看到了贺咏伦背着她隐瞒的另一面，她无法再像以前那样相信他。

“夏盈，我愿意做你最亲的人，你的朋友你的伴侣，一直在你身边，不离不弃。”温庭又给出直球。

夏盈从不知道他会这样直接，就算那诡异的梦境提醒她温庭可能爱她这件事，但她也不敢把梦境跟现实混在一起。

“我……”她一时受到冲击，心如乱麻。但她知道，这并不是厌恶，反而是被他的表白填满一些温柔跟安定。原来有个人，愿意守护她，陪伴她。

温庭看着她的眼睛：“你不必烦恼，我不想给你压力，我只想你知道我喜欢你这件事是真的。我不愿像你最初说的那样，到合适的时间解除这桩婚姻。不过你说过的话仍然都有效，如果到最后你的想法没有变，那我会顺从你的心意，解除我们的婚姻关系。”

“温庭，我……”夏盈想要告诉他，自己的想法变了，现在并没有像当初那样排斥他排斥这桩婚姻，但她的舌头仿佛打了结，这份心情一时难以说出口。

“《日暮晚风晓》的事我听盛哥说了，你在会议上力排众议反对我出演。夏盈，谢谢你。”

“不要谢我，这本是我的错。我刚接手公司，很多事情都没弄清楚，功课做得不够，居然提议要你去演《日暮晚风晓》，我那时不知道这对你意味着什么。”夏盈是那种知错就认的个性，这方面她从来不会想死要面子。错的就是错的，她希望温庭知道她这个态度。

他笑了。夏盈看着那张俊美非凡，又纯素颜的脸，只觉“春风再美也比不上你的笑”这句歌词，原来真的存在。

什么叫美男子，温庭用一颦一笑间的风情告诉了她。

“你剪了头发？”他深邃的视线停留在她身上。他的眼睛非常大，眼尾的线条尤为迷人。

夏盈不自觉有些害羞，她的手堪堪拢过自己的短发，红着脸说：“就是想换一换形象。”

“很好看。”他磁铁般的声音，温柔地直入人心。

夏盈的心脏“扑通”一跳。

“这样更像你小时候的样子。”

“小时候？”

“嗯，你小时候虽然是长头发，梳着两条长马尾，可你的脸圆圆的，现在这短发，让你的脸形看起来更圆润一些，和小时候的样子非常像。”温庭娓娓的声音，掺着怀念的情绪，说得无比动人。

夏盈并不惊讶他提到自己小时候，他们小时候的确是见过的，可惜她已经不记得。夏家和温家一向交好，那时候偶尔几次聚会，她见过温家的孩子，但是对温庭的印象，只限于知道这个名字这个人，不记得他小时候的样子。

夏盈忽然觉得对比温庭，她好像在很多地方都很理亏。

“不记得我很正常，我记得你就好。我记得你的双马尾和拿着一大块巧克力吃得满嘴都是的样子。”他失笑着，可描述曾经的语气是那么温柔，令夏盈都觉得心荡神驰。那是连她自己都不记得的小时候的样子，他居然记得那么清楚。

“我小时候就很爱表演，有一年圣诞节我家办晚宴，请了非常多的客人，我当时和小朋友们准备了白雪公主和七个小矮人的短剧在台上表演。可惜当晚发生了一些事，最后并没什么人看完我的表演。我只记得，你坐在台下，拍着双手。”温庭细细地对她解释。

夏盈努力回想，但最后还是茫然，这让温庭有一些失望。

“对不起。”夏盈不由自主地说。

温庭摇摇头，轻声说：“不需要说对不起，这本来就与你无关，只是我自己记得的事而已。”他温柔的声音，这样熨帖人心。

夏盈觉得，自己真的从来没好好了解过温庭，他的细腻、他的思想，她全都不知道。她现在意识到了，当初他同意结婚，并非只是因为利益的关系，有很多事，她都不了解。

难怪父亲是那样希望她嫁给温庭，可能温庭的感情，父亲全部了解。

夏盈想，她真的太任性了，片面地认定一件事情，现在父亲不在了，当初她怪他埋怨他的心情，怎样都无法弥补回来。

这样想着，她心有些酸酸的。

“温庭，我想爸爸了。”夏盈不自觉地就对温庭说出来。

温庭拍了拍他身边的位置：“如果愿意的话，跟我说说，过去的事，那些美好的或是不美好的都可以。”

夏盈如被牵引地坐在了他身旁，一时间关于父亲的思绪如潮，便把想说的和他一桩桩说了起来。

这个夜晚，夏盈意识到，有一个人陪在身边，能和他分享父亲过去的事，是多么温暖的一份小幸福。

而她很乐意，把她的这份小幸福跟温庭分享。

流光影视二十周年纪念晚宴，亦是媒体的盛宴。

媒体专区的摄影机照相机捕捉着晚宴上的一切，年轻的女董事长刚刚结束了致辞。款款下台的她，成为议论的焦点。

“夏小姐才二十四岁，没想到这样美貌。”

“不止美貌，刚刚的发言很出色，台风大气。”

“夏老唯一的掌上明珠，虎父无犬女！”

“流光内部可不是那么容易摆平的。夏成鉴死后，听说股东之间很不太平。”

“她太年轻了，想要掌控一帮圈子里的老油条，自然困难。”

“但流光去年盈利六亿，在现在这个惨淡的环境，算得上很好了！”

“影视公司排名前三，明年又有《沧澜》这个大项目。”

“待看明年《沧澜》为流光盈利多少，那时她的位置稳不稳就能看出来了。”

夏盈在慕思城的牵引下见一些前辈。她巧笑嫣然，一袭淡蓝色的晚礼服，短发衬得她的面孔润泽明艳，耳垂一对简单的珍珠耳钉，高雅大气。

她的美貌不输女明星，举手投足的淑女气质，悦目宜人，一些老前辈自然喜欢见到这样年轻活力的面孔。

交谈之间的气氛很不错，夏盈谦逊地表示要他们多多提携，慕思城在旁及时给予眼色跟指导，一切都有条不紊。

如果说晚宴的第一次高潮发生在她演讲，那第二次高潮就是温庭出现在晚宴现场。

他一袭深黑色的晚礼服，高雅简洁，整个人芝兰玉树，翩翩的美貌如夜色明珠，顿时惊艳全场。

他举着香槟，游刃有余地应对周围的人。此时现场乐队奏起了音乐，晚宴的第一支舞，往年都是由夏成鉴牵着夏盈一起跳的。今年夏成鉴不在了，但夏盈也要跳舞。

左建安一脸殷勤地凑到夏盈面前，笑着说："夏小姐，这第一支舞和我们贺总经理跳，那真是十成美谈。贺总经理，你说是不是？"

夏盈望见左建安身旁的贺咏伦，一身白色的西装，英气逼人，凸起的肌肉线条在西装的勾勒下性感摄人。夏盈注意到旁边贵妇名媛们的视线，突发奇想，贺咏伦如果是个男公关，想必也是出尽风头。

她努力抑制自己因这想法而想发笑的心情，正了正神色，没有理睬一脸谄媚的左建安。

她的视线定在不远处，微微一笑，提着自己的裙摆朝温庭走过去。

"温庭先生，第一支舞，不知道我有没有荣幸邀请你共舞？”夏盈朝温庭伸出手，笑意嫣然。

“荣幸之至，夏小姐。”温庭款款一笑，深邃的眼神落在夏盈身上。

夏盈在怦然心跳中牵住温庭的手，与他走向舞池的中央。

第六章 第一次共舞

温庭和女董事长共舞

流光影视纪念晚宴

今晚的热搜非常热闹，而居最高位的便是温庭和夏盈共舞，被媒体记者拍下非常炫目的照片。在宴会的灯光里，夏盈扬起的裙摆，颇有种童话故事里公主和王子共舞的宫廷感。

而记录下夏盈邀请温庭跳舞全过程的视频，也在网上疯传。

爱吃辣不能吃辣：真的是女董事长吗？怎么这么年轻，不可思议，我还以为是个女明星。

想胖成一只球：太羡慕了，这姑娘不仅自己长得漂亮，还手握流光，旗下有多少小鲜肉啊。

温婉的小鸟依人：还有这样的人生，梦幻。

不是落落：怎么以前没听说过这位大小姐啊？

晴天娃娃：人家低调呗。今年五月流光影视的夏董事长过世以后，他女儿就接任了。这次是第一次在媒体面前露面。

花月梨花花：大奥逆转！

平子美美的瓶子：楼上大奥的，好绝，我懂你！

深山一只鹿：哈哈哈，是说男女逆转吗？

兔兔最可爱：试想，一位手握影视帝国的年轻女王，和她旗下的第一小生共舞！

山岚雾霭：短发也好有气质，明艳动人！

灵灵铃铃铃：对哦，短发好飒！

温家可儿：就跟那些女明星不一样啊，这种大小姐的气质，浑然天成。

笛子在手手：这位夏小姐长得好漂亮，不是那种化妆出来的漂亮，真可谓人生赢家。

当然，热烈的讨论里也有不和谐的声音。

今天吹演技了吗：不是吧，温庭是被她包养了吗？

山月星河与你：黑子请圆润地出去，男神跟自己的老板跳一支舞怎么了？

沙漠的夏漠：楼上虽然是黑，不过还真挺微妙的，她居然是温庭的老板。

绿川小星星：什么都微妙，黑子眼里看世界都是猥琐的，正大光明美好的事情都被你们讲肮脏。

本人是朵s：哈哈哈，笑死，庭院们（温庭粉丝自起的昵称）要不要这么敏感？人家随口提一句，你们跳这么高，是不是也感到了不同寻常的味道？

无论如何，这一晚夏盈成功地出现在大众面前，也给大家留下流光影视新任董事长是一位年轻美女的印象。

在之后的一周里，关于夏盈的热议还在继续，大家都对她感到好奇。

晚宴结束后，夏盈和温庭是分开回去的。

坐在车里，夏盈回想自己整晚的表现，等她意识到自己的这种自省态度，不由得对坐在前面副驾驶座上的慕思城调侃道：“慕斯，我发现我被你同化了。”

“夏小姐，你叫我什么？”

糟糕，口太快，“慕斯”脱口而出。夏盈暗中俏脸微红，这“慕斯”一词是她给慕思城取的“昵称”。本来在脑袋里想想也就罢了，居然放飞自我被慕思城听去了。

“哈哈，你听错了，我没说什么。”夏盈急忙打哈哈。

“今晚你表现还可以，下周会有两个杂志专访。”好在慕思城没继续揪着，他的“宽宏大量”让夏盈不胜感激。

“有两个采访吗？慕斯……思城，你不是说过我不需要太多在大众面前曝光吗？”

“是的，我的确说过。现在也还是这个观点，夏小姐不适合过多出现在媒体面前，你属于那种说多错多的人。”

慕思城平仄无起伏的语调，仿佛在说着一件无关紧要的事，但偏偏他的这句话又是这么犀利。

夏盈一时心情复杂，这位大哥说话还真是不好听，但又总是一针见血。

“这两个杂志采访很重要，都是业内非常有资历的老牌杂志，采访的流程稿我已经准备好，请夏小姐熟读，做充分准备。”

“我知道了。”刚结束“晚宴”这个大工程，就又被下了一份“功课”，夏盈回答的声音有些无力。

“希望夏小姐还能有出乎我意料的表现，就像今晚。”

慕思城这句话，让夏盈怔了一下，随即又有股受到表扬的小惊喜在心底蔓延开来。

夏家大宅十分安静，已经过了午夜十二点，温庭洗完澡出来，卸去一身疲惫。这时手机响起，他看向屏幕，发现是经纪人秦盛的电话。

“温庭，你上网了吗？”

温庭摇了摇头：“没有，我回到家刚洗完澡。”

“程莉在有盛娱乐网站发表了一篇特评，是关于今晚晚宴的，当然又把你说得很难听。”秦盛的声音里有些难抑的愤怒。

温庭叹口气：“我不看了，她写过的扭曲文章还少吗？”

程莉这个人说起来其实温庭并不认识，她是一位自媒体人，据说原本是大公司的记者，后来辞职单干后，经营起个人自媒体工作室。

这个圈子里任何有热度的事，程莉都会在第一时间做报道。但是她的行文风格，往往用词夸张，观点犀利又扭曲。举个例子，就是会把一件好的或者稀松平常的事情，从刁钻恶意的角度解读，生出不少事端。

这种人温庭向来是敬而远之的，但偏偏他似乎在程莉最不喜欢的明星名单里。

程莉针对他的种种，已经发表过不少颠倒黑白刻意扭曲甚至可以说是污蔑造谣的言论了。

之前秦盛已经拜托律所着手控告程莉的事情，但到现在官司仍无太大进展。

“她把你和夏小姐的关系臆测得很难听。”秦盛揉了揉太阳穴，“如果可以，你看是不是和夏小姐讨论一下，找个机会公开你们的关系。”

“盛哥，这件事现在不行，夏盈她还没准备好。你知道的，一旦公开，媒体会捕风捉影，对她的生活和工作都会造成极大的困扰。”温庭认真地说。

秦盛听他言语里处处为夏盈着想之意，也只能叹口气：“那好吧，本身我们也没什么好怕的。只不过你要清楚，谣言一旦成为认知，相信的人多了，是真是假就很难说清了。”

温庭微微苦笑：“我明白，盛哥，你是为我着想。暂时就先这样吧。”

“好。”秦盛了解到他的意思，便挂断了电话。

夏盈穿过客厅的时候，发现厨房那侧还亮着灯。

她不由自主地走过去。当发觉是温庭在偌大的厨房里弄东西吃的时候，她十分惊讶。

“你要吃什么可以让林姨为你准备。”她有点微妙的尴尬，毕竟她很少有这样与温庭面对面的状况，更遑论看到男人竟手持锅铲，这与温庭给她的印象大相径庭。

说真的，她心里对温庭原有的印象越来越模糊。而这个鲜明的，不断给予她刺激的温庭，总是闯进她现在的生活。

“不需要麻烦林姨，现在太晚大家都睡了。”温庭微微一笑。

“你会烧饭？”夏盈干巴巴地问。其实她已经闻到某些属于食物的香气，呃，就她的味蕾而言，是很好闻的食物味道。

“我在煮夜宵，你要不要来一份？”温庭问得落落大方。

“不……”夏盈拒绝的话还没说出口，就听到自己的肚子发出不配合的声响。

“咕”的一声，动静还不小。

她呼吸一窒，瞬间回想到上一次在影视城的便利店里，他也听到她肚子叫的声音。啊啊啊，她这个肚子，总要让她在他面前毫无形象可言。

“你饿了。”温庭粲然一笑，回身继续弄食物。

因为他没再看她，夏盈发窘的心情平息了一些，脸上的热度稍稍降低。她轻轻走到他身边，想看他在煮什么。

哇，他浇鸡蛋液的手势怎么如此熟练？薄薄的一层，翻转，慢慢地卷起，一个又大又饱满的鸡蛋卷几乎一气呵成。

高汤里烫过的蔬菜被他捞起来，在碗里摆出很漂亮的形状。

“你要几片火腿肉？”他问她。

“两片。”夏盈老实地回应，太香了，看他用黄油在小锅里煎火腿肉。

夏盈看温庭洗净手在砧板上将长长的鸡蛋卷切成极漂亮的几小段。

“番茄酱要吗？”他回身问她。

夏盈摇摇头，他轻轻一笑：“和我口味一样，我也不需要番茄酱。”

很平常的一句话，可为什么竟让她微微脸红呢。

“就……晚上我不喜欢吃些酸甜味的东西。”她小声辩解。

“嗯。”

他只是随意地应了一声，这一声却让夏盈体会到什么叫男演员的魅力——“苏”，真的好“苏”啊。这位先生在进行无意识放电。

很快，一碗热气腾腾香喷喷的面条放在了夏盈面前，温庭端着自己的那份坐在了她对面。

“面可能煮得有些软，因为我肠胃的关系，我比较喜欢吃软的食物。”温庭的声音在这个夜晚，诱惑的力度似乎成倍放大。

夏盈发觉自己有些抵挡不了，她低头，不太好意思看他的眼睛。

“你的肠胃很不好吗？”

“胃炎。现在注意保养了，就还好。”

“上次我给找的那些东西，是不是太小儿科了？”夏盈轻轻咬唇，想到那一晚听到慕思城说温庭胃不舒服，自己连夜搜的那些食疗知识，看来都是门外汉装专业了。

“不会，那很好，我都存下来了。”他含笑的语声是如此温柔，要命。夏盈与他的视线对了一下，顿时满脸通红。

她既气自己的不争气，又在心里纳闷到底怎么回事，在温庭面前这么不自在和她平常不一样啊。

夏盈想要找回自己的气势，但发烫的脸颊让她无法抬头。

幸而很快被食物的吸引力抓住，她闷头专心吃起来。

“没想到你还这么会煮饭。”她满心惊讶，是真的好吃，咸淡恰到好处，还很鲜。

她竟然觉得和家里专业的厨师相比，也并没什么逊色之处。

“只是一碗面。”他轻轻一笑。

“你有专门学习过吗？”问出来，夏盈才觉得自己问得蛮傻的。

“也不算，我很早就在外面拍戏了，久而久之，想吃什么自己会煮的话会方便很多。”

夏盈点点头，觉得他说得有道理。一年三百六十天都是酒店和外卖的话，那确实让人无法想象。

“你不怕胖吗？晚上还吃淀粉类主食？”夏盈想到了这个，忍不住问温庭。

“没那么夸张。”他笑起来。

夏盈仔细瞧温庭的身材，还真是不多不少正正好，该有肉的地方有肉，该瘦的地方又瘦得要命。

健身，一定是健身的缘故。夏盈在心里十分肯定地点头。

这一想，她也就吃得更加理直气壮了。最多去请教温庭健身的方法，她也不怕胖啦。

第二天是星期日，夏盈昨晚睡了香甜的一觉，醒来时有种久违的舒适和惬意，埋在自己软软的床被里，只觉得任何舒展动作都非常舒服，也慵懒着一动都不想动。

她轻轻翻过身，摩挲了一下放在枕头下面父亲给的那块玉佩，还是晶莹纯澈的颜色，仿佛有种淡淡的温暖注入心田。

她轻声说：“早安，爸爸，我昨天睡得很好。”

夏盈找出手机，看了眼时间，八点半，屋子里静悄悄的。

夏盈忽然想起隔壁房间还有个温庭，他……他起床了吗？

这个想法莫名令夏盈脸颊的温度有点升高，虽说他们的房间之间仅有一面滑动的木门相隔，但之前谁都不会去打开那个门。

温庭有自己进出的房门，而她亦是。只是最近他不在的那段日子，她才第一次推开那扇滑门，带着偷窥的心情好奇地打探了一下温庭的房间。

可现在房间主人回来了，夏盈自然不敢再贸然去打开那扇滑门。

她不由得竖起耳朵倾听对面的声音，但静悄悄的，什么都没有。

温庭在睡懒觉。

冒出这个想法的夏盈，被自己逗笑了。她埋头到被子里，也不知触到了什么神经，笑个不停。

夏盈拥有着很奇怪的笑点，从小到大，戳到她的点还有喜好都跟别人不太一样。

有时候她过于沉浸在自己的世界里，一个人傻乐，在旁人看来，完全无法理解到她的点。就比如现在她窝在被窝里这一通傻笑，就连她自己也不知道在笑什么，但想到温庭睡懒觉这件事，她就忍不住哈哈大笑。

夏盈笑够之后坐起身，准备梳洗一下去吃早餐。

晨厅里，林姨已经备好早餐，看到她便笑问：“大小姐，昨天睡得好吗？”

“嗯，还不错。”夏盈微微一笑，冲林姨眨了眨眼睛。

林姨可以从她饱满的神色上看到她睡得很好。这段日子夏盈过得很艰难她是知道的，夏先生过世对小姐打击很大。现下小姐能安睡，她心里便也跟着欣慰了几分。

夏盈看着桌上一道道精致的早点，忍不住问：“温庭还没起来吗？他……他早点吃过了吗？”

林姨颇有些讶异，面上含笑地回答：“温先生已经起床，用过早点了。他对我说要去登山，正准备外出。”

“登山？”夏盈怔了下，立刻想到她看到的温庭那些朋友圈照片。

“他已经出去了吗？”

“还没，刚才阿正替他准备好了车子。”林姨刚说完这句话，夏盈就看到一身运动装备的温庭从里面走出来。

“早安。”她傻傻地说了声。

“早。”温庭微微一笑。

夏盈瞧着他满身的“装备”，他穿着一身轻便的淡灰色运动衫，头上一顶类似自行车赛选手戴的帽子，一副大框的黑框眼镜，背着一个黑色的运动背包。

“你要去爬山？”

“嗯。”

“就在江城？”

“红叶山。”温庭笑了，似乎觉得夏盈问得很有趣。

“不怕被人认出来？”夏盈有些不确定，今天是星期天呀。

“没你想的那么多人，这个天气人就更少了，以我的经验，今天在红叶山顶出现的人，不会超过十个。而且大家也不会同一时间登顶。”温庭解释得很仔细。

“其实被认出也没什么。”夏盈不由自主地说。

“是呀。”他莞尔一笑。

“我……我可以跟你一起去吗？”夏盈说得几分磕巴。

温庭有些讶然，然后笑起来：“当然。”

“那你等我，我……我马上吃完早餐。”夏盈埋头大口咬了一片吐司。

“不用那么急，你慢慢吃，别噎着。”

夏盈心里有点窘，但又有一丝难以形容的喜悦。她看到温庭在晨厅坐下来，十分舒展的姿势，他的两条大长腿再度吸引了她的视线。

而林姨在一旁看着他们，露出了慈祥的笑容。

红叶山地处江城市郊，是一座历史悠久的平地山岭。被开发成旅行景点之后，在山里栽种了枫树林，秋天来的时候景色颇美。

它有适合攀登的步道，一路上能看到几处山泉跟景点。

山顶上还造有红叶亭和登高之后的合影岩石，当然游人若不愿徒步登山，也有一条索道缆车的路线。

身为一个土生土长的江城人，夏盈惭愧地说她只来过红叶山一次，那还是很小很小的时候。

从红叶山脚和温庭一起步行开始，她发觉人还真的少，入口处几乎没见到人。果然是因为天气的缘故吗？毕竟是盛夏，这个时间来登山的人是有多不怕热啊。

夏盈又在古怪的笑点上拥有了她的小喜悦。

温庭察觉出她那股“诡异”的高兴，虽不解她在开心什么，但她心情好他也十分高兴。

“你不怕晒黑吗？”他忍不住关心地问一句，毕竟对女孩子而言，这个天气登山，有些艰难。夏盈还是非常爱美的女孩，这一点温庭深知。

“还好，过去有一段时间追求‘冷白皮’，但现在发觉小麦色肤色也很健康，有种别样的魅力。”夏盈说出口才发觉自己是这么“见风使舵”的人，不过她现在确实觉得健康色也很棒，可能会更衬她的短发。

“还有哦，你别小看我的防晒霜！”

温庭喜欢这样小可爱的夏盈，他眸色温柔，轻声说：“那出发吧。”

“OK！”夏盈满腹雄心壮志，对于从未徒步登过山的她而言，对第一次登山还真充满了期待。

半小时之后。

“温庭，我可以喝口水吗？”夏盈看到一块大石头，完全抵受不住诱惑，一屁股坐下再也不想挪动半分。

温庭停下来，在她旁边坐下，从运动背包里掏出一只粉色的水壶，递给她。

这是夏盈的水壶，对于登山“新人”夏盈而言，温庭体贴地没让她背任何东西，因此她的东西全都在他的背包里。

“我在美国念书的时候，有一次周末和朋友去了勘纳斯野营。虽然那是个森林，但感觉跟现在差不多。”夏盈想到学生时代的自己，“那时候也像现在这样感觉接触到大自然，很清新。你从以前就喜欢登山吗？”

“大学的时候被学长拉去，那之后就开始对登山感兴趣了。我喜欢这种徒步的感觉，接触大自然，屏蔽掉很多杂乱的思绪。而当你历经体力透支或是各种退缩的借口到达山顶的时候，就像是对自己的一次自我激励，会获得很多正面的力量。”

夏盈被温庭的话吸引，心有所思：“我听慕思城说过这个圈子的压力跟那些负面的东西。我还以为比起其他人，你算是很顺利了。”

她真的认为温庭算是天之骄子型的人物，毕竟他出身不错，而且在戏剧学院读书时就拍了电影，出道后更是稳定的一路上升。

没想到以他这个地位，还会有这么多压力？看来她果然对业内知之甚少，难怪慕思城一直拿那种眼神看她。

温庭也不生气，微微一笑：“你一定没看到别人妖魔化我的时候。”

“妖魔化？”夏盈怔了一下。

“你可以去看我以前的报道。”温庭淡淡一笑，“看了之后你可能会觉得你从来没认识过我。”

夏盈挑了下眉，有点不相信。

“是真的，夏盈，其实我并不希望你去了解那些负面的东西。但你继承了爸爸的事业，或多或少，以后会遇到各种事。”温庭似乎轻轻一叹。

“你会发觉这个世上真的有人会用最恶意最恶毒的角度，来解读你的各种行为，甚至说出你根本想象不到的罪名。”温庭苦笑，“你会很莫名，很荒唐，但又一筹莫展，无力地看着他们不断地污名化你，这种无力感是很难受的。”

他讲得很深，夏盈承认自己被触动了。即使她什么都不了解，但这一刻温庭这种苦涩的心情，她感受到了。

“所以要足够坚强是吗？”她轻声问。

“是，还需要有足够的幸运。”温庭叹息一声，“不然可能就被那些人得逞了。毕竟被谣言污蔑毁掉的前辈也有很多。”

“真可怕。”夏盈感到心底一寒。

“是很可怕。”温庭并不否认，“但我喜欢这份工作。演戏这件事，从没想过放弃。我喜欢演戏。”他直视着她的眼睛，说得坦白又真诚。

“我看了那部《海岸风》，很棒。”夏盈感觉心脏跳动的频率不对了，身体的各个细胞都莫名有些升温，“虽然我不是很懂表演，但我觉得你演得非常出色。”

温庭笑了。

他这样纯粹的笑容令夏盈蓦地红了脸，杀伤力太大了。这就是适合大荧幕的脸吗？这样一张脸近在咫尺，还是如此风情万种的绝色，谁也受不住啊。夏盈在心底吐槽。

为了回避这种她承受不住的暧昧心情，她腾地站起身，脸颊发烫地说：“那我们继续走吧。”

“嗯，忘了告诉你。山顶有一家店，这个季节应该有卖刨冰吃，他家的红豆刨冰非常好吃。”

哈，这句话犹如最大的动力，夏盈雀跃着，眼睛都亮了。

温庭看着她，眼里的宠溺无法藏匿。

第七章 般配的合影

夏盈和温庭坐在红豆店里，是的，这家刨冰店的名字就叫“红豆”。夏盈觉得温庭故意对她卖了这个关子，但确实，店里有卖红豆刨冰。

温庭坐在她对面，比起刚才登山的时候，面上罩了一张防花粉的口罩。

在这样一个店里，坐着个戴口罩的人，夏盈眨了眨眼望着他：“你不觉得这样更明显吗？”

“还好。”他回答的声音平静而优雅。

夏盈盯着他上下看了一遍，很想吐槽，但现在店里除了他们，还有稀疏的几位游人。

红豆刨冰端上来，卖相超出夏盈的期待。很大的分量，装在一个很漂亮的特制玻璃杯里。

她迫不及待地挖了一勺，送入嘴中，顿时一股沁凉的带有薄荷香气的清甜味道席卷味蕾。

“好吃。”她眯了眼，不由自主地笑起来。

“底下还有酸奶。”温庭轻笑起来，夏盈快乐的样子很能感染人。

“咦？你吃过？”

“嗯，一个人来吃的话，没你想的那么难。”

夏盈突然意识到：“今天是因为带了我……”

“不想制造不必要的麻烦。”温庭摇了摇头。他一个人被认出来其实也没什么，但带了夏盈就另当别论。

夏盈忽然很想想个办法给他吃一勺红豆刨冰，但当她意识到自己这个想法有多暧昧时，她蓦地脸红了。因为她脑海里的画面，是她坐在温庭身边，温庭拿开口罩，而她羞涩地送入他口中一勺红豆刨冰。

天啊，夏盈被这个画面激起了满身鸡皮疙瘩，不着边际，太过荒谬，她虽这样评价着，脸颊却越发烫起来。

“你还是很热？”对面温庭对她的脑内剧场一无所知，看她脸红发汗的模样，有些担心。

“没……没有，很凉快。”夏盈一时都不敢看他的眼睛，只得低着头专心消灭刨冰。

温庭当然猜不到她的小脑袋瓜子在想些什么。

“那个，对你来说，口罩是不是必需品？现在大夏天的，你在外面也时常戴着口罩？”

“嗯，也没什么。对一些有呼吸系统疾病或者过敏的人来说，日常戴口罩很正常。”温庭回答得十分自然。

“也是。”夏盈点了点头。

“而且，渐渐地，我可能也更喜欢戴口罩。”温庭说了句让夏盈意料之外的话，他看着夏盈的眼睛，“在口罩下面，不需要做表情管理，可以自然放松。”

“艺人的表情管理非常严格，因为你不知道什么时候什么情景下就会被拍。如果有表情不好的照片，攻击你的人可以大做文章，一不小心很小的事情就可能闹得很大。”

夏盈听着都觉得累。

“温庭，你真不容易。”她发自真心地说。

温庭微微一笑。

顺利地解决完红豆冰，两人安全出了店，夏盈不禁佩服起温庭的伪装技术。

确实，他灰色的运动帽衫毫不起眼，黑色的运动头罩对登山人来说也十分常见。这一路上她看到好几个这样装备的人，给人的第一印象就是这些人习惯运动和锻炼。

夏盈对山上的一切所见都很新鲜：“没想到这里挺凉快的。”是真的，山风阵阵袭来，虽烈日高照，却比方才要凉爽很多。

她瞅瞅附近没人，玩心顿起，拿出手机，对准了那块颇有古韵的红叶山巨石，问温庭：“留影吗？”

温庭似乎没想到她要和自己拍照，夏盈捋过短发：“就那个，我看到你的朋友圈，你好像都会在山上留影。”

温庭深黑的眼睛里闪现出讶异，让夏盈的脸颊又升温起来。

“不管了，我要拍个照。”

她跑到巨石前面，对着手机呈现比心的姿势，迅速咔嚓地给自己照了一张。

温庭静静地走到她身后，她在手机的屏幕里陡然看到男人入镜的样子，糟糕，她的脸好像更红了？

“就这样拍。”夏盈看温庭似乎还想拿掉口罩，斩钉截铁地阻止。

温庭笑了，含笑的眼睛在夏盈的这张合影里特别好看。

她望着屏幕上那张照片，觉得画面上的身高差绝赞，她红着脸摁下手机键，特意蹦跳地蹿前了几步，是想要离温庭远一点。

他的存在还真让人不能忽视，她想。

夏盈跳上了旁边的大石块，从这里望过去，周围连绵的青山翠影，看起来更为辽阔深远。

“这里海拔好像不高。”她深吸一口清新的空气。

“嗯，江南丘陵，红叶山海拔三百五十米。”

“没想到这么美。”夏盈有感而发。她旅行时到过不少险峰峻岭，但作为她家乡的红叶山，有种温婉别具的美，她体会到了。

“这里人工的痕迹不多，是景观设计师的功劳，山上的一草一木与自然融合，独具一格，确实很美。”温庭磁性诱人的声音，如声优那样，娓娓叙述，让夏盈想到她曾经失眠时去寻找的那些声音读物。她暗想，作为演员形跟声都很重要，而两者兼有的温庭，难怪可以这么红。

“天不太热的时候，周末来这里登山的人很多，不仅有年轻人，还能看到许多上了年纪的老先生老太太。看着他们，会感觉到与子偕老那种意境，非常美好。”

温庭的描述很生动，夏盈脑海里不自觉有那样清晰的画面。

“那以后我还要来。”她不自觉地应和。

温庭深湛的眼眸望着她，“大眼含情”“明眸生辉”这种形容，夏盈觉得自己是体会得彻底了。

而作为被“专注凝视”的对象，她的心跳不可控制地乱起来，夏盈知道自己在害羞，她努力想恢复“正常”。

她下意识地往后退了一步，岂料一脚踩空。

“呀……”

她的惊呼还未停下，腰间便感到一股力道稳稳地托住她。

温庭的手臂紧紧搂在她腰间，阻止了她后摔的姿势。

受这力道回拉，夏盈“砰”的一声结结实实撞在温庭胸口，整个被他揽在怀里。

与绝赞的身高差一样，契合的身形形成一个极度暧昧的依偎姿势。

夏盈脸上的热度瞬间飙升，烫到她想她的脸应该像个红苹果了。

感知到她的不自在，温庭轻轻放开了她："小心些。"

他的声音在这一刻听起来如此触动心弦。

"嗯。"夏盈应了声，却依旧抬不起头。

她心里有两个小人在激烈抗争。

——喂，你紧张什么呢？快抬起头来啊，干吗这么不自在。

——你害羞了，他对你影响很大。

——乱说，我可是女王人设的夏小姐，哪有这么容易心动。

——太丢人太丢人。

那个大唱丢人的小人被夏盈使劲扔了出去，她努力平复自己的心绪，对着温庭说："我们下山的时候坐缆车吧，我也想看看那面的风景。"

"好。"

只是一个字，夏盈的心情又蹦了一下。

她深吸一口气，"刻意"模仿起慕思城平日的面瘫，嗯，这样应该看起来很平静很正常。

回家是夏盈开的车，在她极力要求之下温庭才妥协。

"来时你开，回去我开，正好一人一半。"她的不服输"精神"永远在这些不着调的地方。

温庭从不会在这方面"反抗"她，自然配合。

夏盈很喜欢驾驶的感觉，但她的车速永远快不起来。

开着车，她不由得想到了以前："我刚刚学会驾车的时候，爸爸总会坐在副驾驶的位置上和我一起。”

忽然想到的这段往事，让她的心有些黯然又怀念。

“他很爱你。”温庭轻柔的声音，细细地泛进心田。

“嗯，刚开始我的驾驶技术很烂，他还会一路指导跟提醒，还调侃我到底是怎么考出驾照的，说他有必要向我收一份学费。”夏盈甜软的声音，让温庭有些心疼。

“后来他忙的时候，我一个人都不敢开车，很长一段时间，我的副驾驶位置上必须要坐一个人，我才会觉得妥当。”夏盈说着摇了摇头。

“开车谨慎是好习惯。”

他还真是，什么都能用如此优雅美好的说辞说出来，让人开心。

“温庭，我以前怎么没发觉你这么会说话？”

“有吗？”他怔了一下。

“总之很让人喜欢就是了。”

这句喜欢说出口，夏盈才意识到自己说了什么，俏脸一红，好像有点歧义。

“之后你都会在家休息吗？”她马上转移话题。

听到他轻轻一笑，夏盈的心口又不正常地失速了一下，她的双手下意识地握紧方向盘。

“不，这次没什么休息的时间，等安排好就要去见蔡导一面。”

“是他的新电影？”夏盈听到蔡时珍，发觉自己也很期待温庭能出演这部电影。

“嗯，因为刚开始谈具体的事宜，时间比较紧，有许多问题需要协调。”

一定是因为之前《日暮晚风晓》的缘故，温庭原本不打算接这部电影了，现下临时掉头回去接，夏盈能想象有多少事需要沟通。

“对不起。”她心有歉疚。

“夏盈，不需要和我说对不起。”温庭低沉磁性的声音，让她心中的涟漪激荡了一下。

“这种对话通常后半句是永远也不需要说对不起，你是不是也要说？”又来了，一害羞她就开始乱说话。

“是，永远都不要说。”温庭轻柔的声音一锤定音。

夏盈失语了，她的心脏失速狂跳，而她毫无办法。

车子开进别墅刚进车库，夏盈就看到停在旁边的另一辆奔驰，这是贺咏伦的车。

她刚想着，就见贺咏伦从车上走了下来。

“盈盈。”贺咏伦唤得亲切。

在看到和夏盈从同一辆车上下来的温庭后，他神色微微一暗，但随即被他用儒雅的笑容取代。

他毫不避嫌地走向夏盈，甚至绅士地扶住她的车门。

忽然见到贺咏伦，夏盈有点不知所措。

“咏伦，你有什么事吗？”

“嗯，是关于臻美剧场的事情。”贺咏伦温柔地看着她。

“喔……”夏盈被贺咏伦的视线盯得有些尴尬，说不清心里这种微妙的在“丈夫”面前被捉奸的心情是怎样，反正就奇奇怪怪的。

其实她什么也没做，可为什么贺咏伦这样的态度会让她很在意温庭那边的想法呢。

夏盈的思绪转得飞快，她可以发誓她讨厌这样的氛围。

“你们聊。”忽然，她听到温庭的声音。

温庭对她点了点头，也对贺咏伦颔首示意，非常有风度地先进屋了。

夏盈讷讷地看着他的背影，对他堪称完美的表现感到心情复杂，怎么她心底觉得自己是恶人的感觉更甚了……

温庭走后，贺咏伦对夏盈微微一笑：“那我们去书房？”

“晨厅吧，我想喝下午茶，让林姨准备一下。”夏盈斩钉截铁地说。

贺咏伦心里一怔，不动声色地笑问：“你平时不是一直喜欢在书房吗？说那里是你一直躺平的小窝？”

“是这样没错，可我们现在要谈公事不是吗？”夏盈不由自主就反驳了他一句。

贺咏伦定定地看着她，十分知趣地不再继续这个话题，但心里已警笛大鸣。

林姨向来不会出错，一会儿之后夏盈已经在晨厅享受到她的下午茶，英式红茶配上马卡龙。她美滋滋地吃着，心情恢复了登山时那股清爽。

贺咏伦已经从方才夏盈跟林姨的对话里知道了她和温庭去干了什么。她居然在这种天气出门登山，还和温庭一起用了午餐回来。贺咏伦心里危机四伏，却又知道自己必须压抑情绪。

夏盈从前对温庭不是避之不及的吗？什么时候开始不排斥温庭了呢？

贺咏伦回想到上周会议的时候她也是全然维护的口吻，只觉事情越来越不在他掌控范围之内了。

贺咏伦沉思，俊朗的眉目微微蹙紧。

“臻美剧场不是快要完工了吗？”夏盈解决掉她手里那块马卡龙，把注意力转到贺咏伦身上。

“是，预计在下个月就完工了，到时候会有开幕仪式和剪彩。但在此之前，温黎想跟你碰个面吃个饭。”

“温黎？温庭的大哥，哦，对，臻美剧场的事温家那边一直由他负责。”

“说是吃饭，其实就是讨论一下开幕的细节和媒体那边的宣传活动。”贺咏伦细心地解释。

“这个不在公司谈吗？”夏盈问出之后，又觉自己问得有些傻气。

贺咏伦果然笑起来，他眼神宠溺，声音中也充满了无奈：“你刚刚接触到这些不太了解，这在合作中是常事，尤其是像温家这样关系亲密的合作者。

“而且温黎处事的风格就这样，他不喜欢在生硬的办公桌上决定事情。你应该看看他被媒体津津乐道的那些游艇美女日常派对。”

听起来是个花花公子，夏盈心中吐槽。只听贺咏伦又说：“始终要正式见一面的，虽然这个工程由我全权负责，但现在你是流光的董事长，温黎邀请了，不好推辞。”

夏盈点了点头：“我知道了，你安排好，告诉我时间地点就好。”

“我会和你一起去，你不用担心任何事。”贺咏伦的声音体贴入微。

其实他说的和做的看起来都对她很好，没什么可以挑剔的，但夏盈想到之前慕思城向她汇报的那份调查报告，已经无法像以前那样毫无芥蒂。

“是在渡海镇。温黎在那里有一套别墅，他邀请我们去那里做客。”

“渡海？江城的郊区？”

“是，那里风景不错，现下又开发了临海公园，我们可以请导游带我们四处逛逛。”

“那我和温庭一起去没问题吧。他是温黎的弟弟，再者我们和温家的合作项目不止臻美一项，温黎既然觉得我们两家应该碰个面，那温庭作为我的丈夫出席不成问题吧？”

她理所当然的话让贺咏伦愣了一下：“听说，温庭和温家关系不好。”

“那又有什么关系。他作为我的丈夫难道还不够资格和我一起出席？”夏盈莫名有些反感贺咏伦这样说。

贺咏伦心里掂量了几分，点了点头：“你说得对，温家那些事情我们都算局外人，不好多说。好，我会让温黎知道你要带温庭一起。”

贺咏伦离开夏家的时候完全没来时的好心情。坐在车里，他面色阴郁暗沉，如果这时有熟人看到这样一个贺咏伦，肯定会被他这样风雨欲来的压抑狠戾而吓到。

原本他以为会是一个和夏盈单独相处的机会，谁料夏盈会让温庭介入。夏盈对他的态度变得有些奇怪。

贺咏伦的手指拧过眉心，不，他不允许。他眼神转厉，心中有了计较，发动车子，驶离了夏家大宅。

夏盈回到自己房里，想到贺咏伦说的事，觉得应该先跟温庭打声招呼。

这一次，夏盈静立在那扇滑门前，动手敲了敲门。

没有回应，温庭不在房间？

夏盈走出去，在客厅看到林姨，便问：“林姨，温庭出去了？”

“温先生在整理行李，我刚见他去运动室了，好像要去取些东西。”

“整理行李？”夏盈有些吃惊。

“嗯，我问他他说好像要去拍戏。”林姨也不是很清楚，只把自己见到的告诉了夏盈。

她是看着夏盈长大的，把夏盈当成自己的女儿一样，她也很希望温庭能够留在家里久一些多陪陪夏盈。毕竟夏老先生刚刚过世，她知道夏盈其实很需要人陪。

虽说当初是夏老先生一手促成的婚事，小姐也抗议争吵过，但林姨是喜欢温庭的。她看得出温庭看夏盈时眼神里的温柔与包容，自然，她更明白爱女如命的夏成鉴，也绝对不会只为了利益，而草草决定女儿的婚事。

所以她对这对小儿女一直抱着看好的心态，希望他们两个感情能更增进。只是，温先生实在太忙了。她也知道感情的事，顺其自然更好。

小姐今天去登山回来很高兴，应该跟温先生相处得很融洽。

夏盈跑到家里的运动室，刚好跟从里面出来的温庭打个照面。

她看到温庭手里拖着行李箱，感觉自己的心情瞬间低落了几分。

“你马上要走了？”她轻轻咬唇，觉得自己努力压住不快的语气显得很别扭。

“蔡导来了电话，需要我尽快赶去东临市。”

“电影在东临拍？”

“不止一个地方，不过蔡导准备在那里启动。”温庭如实相告。

夏盈一时不知该说什么：“我……我没想到你这么快又要走了，都不能休息……”她想到《沧澜》才刚刚结束，温庭都没有一个充分休息的时间，居然这么快又要无缝进组。

“对不起，我应该在家里留久一点多陪你一些。”温庭的声音如同裹着温柔的糖霜，十分诱人。

“你刚刚不是说不要说对不起吗？那我也把这句话送给你。温庭，不需要对我说对不起。特别是我们彼此都知道对方在做什么，对不对？”她这样爽朗又坦白的言语，触动温庭的心弦。他真的很喜欢这样的夏盈，善解人意又体谅人心，毫不扭捏造作。

他深邃的凤眸专注地凝视夏盈。夏盈想到古时形容美人那种盈盈烁烁的眸光，仿佛揉着一池春水，应该就是他这样。

真是个到处放电而不自知的人啊，她暗想，这种眼神放大在银幕上，难怪他拥有这样多的粉丝。

夏盈尽量无视自己又发烫起来的面颊：“秦盛会来接你？”

“嗯，盛哥订好了机票，晚上八点的飞机。”

这么快，夏盈轻轻咬唇：“刚才贺咏伦来跟我说，臻美剧场，就是你大哥负责筹建的那个项目，快要完工了，他想要邀请我碰个面，我原本想和你一起去。”

听到温黎的名字，温庭轻轻蹙眉：“他邀请你去哪里？”

“渡海镇，贺咏伦说他在那里有栋别墅。”

温庭点点头：“温黎的确喜欢在渡海待着，那里靠海，他喜欢的海钓游艇都在那边，时常和友人在那里聚会。你晕船吗？”

夏盈摇了摇头，温庭的眉目舒缓下来：“不晕就好，如果晕船的话记得先备好药，温黎一定会邀请你去他的船上玩。”

他想了想又说：“可以的话，带上慕思城，他做事稳妥，或者你把这件事和他商量一下，听听他的意见。”

夏盈点头：“是，我原本就打算跟他商量一下的。”

“那就好。”温庭看夏盈比过去更稳重的模样，欣赏与爱怜的目光停留在她清秀的面庞，他淡淡一笑，“其实你不带我去更好。”

“为什么？”

“我和温黎不和睦，去了可能会吵起来。如果我父亲也在的话，那他更会看到我就让我滚。”

他虽然用很平静的语气说出来，但夏盈听了心里就莫名有些难过。

她轻轻拉起他的手，那不由自主的动作连她自己都没意识到。

温庭感觉她那双柔软的手牵过自己的大手，听到她轻柔的声音：“没关系，那就不去了。”

温庭定定地凝注夏盈。

夏盈并不懂他此刻的心境，已经多少年没有人，会在温家的事情上站在他的角度来安慰他。

但这个人是夏盈，她自己都不知道，多少年以前，当他们都还是孩子的时候，她也曾这样站在他这边，安慰过他。

那让他一生难忘，而她，也在他心中栽下一朵细小的花蕾，就像初开的第一朵玫瑰，温柔早已落下。经年累月，成长为他心底牢固的爱之花。

第八章

心碎『离婚』

“你一定没看到别人妖魔化我的时候。”

深夜，夏盈抱着自己的笔记本，带着一些好奇之心搜索温庭所讲的“妖魔化”。

一圈的新闻看下来，夏盈承认，自己看呆了。

如果她只是一个吃瓜群众，她现在一定是满脸惊叹号。

温庭说得对，在看到那些负面报道之后，她都快不“认识”他了。

——温庭耍大牌，对摔倒的粉丝视而不见。

——温庭傲慢，压轴红毯，迫害姜云退出 LS 时尚盛典。

——温庭团队难搞，经纪人仗势欺人，要求多多。

——你们不觉得温庭其实长得很娘娘腔吗？那张脸太过妖娆了吧，整天说他美他美，一个大男人，美？我要吐了！

——粉丝整天吹他的身材，什么翘臀长腿，不都是形容女人的吗？恶心死了。

温庭的屁股是很翘，喝了一口水的夏盈看到这个评论，差点呛了一下。“与众不同”的她立马诡异地想到居然有人和自己“观点”一致。

意识到这个有颜色的话题不能深入下去，她害羞地挠了挠头。

——温庭把黎子戚挤出剧组！他连一个男三号都容不下，是怕黎子戚抢了他的光彩？

——温庭放 ×× 网站鸽子，答应的访谈不做了！

夏盈更是发现温庭还拥有大批的“黑粉”。她随便点进一个热门的娱乐论坛板块，整个首页，一眼望去就能看到好几个温庭的负面帖子。

在没发现这些之前，夏盈一直以为温庭是那种人美心善到处享有“美誉”的口碑小生，万万没想到，在这个网络新天地，她真是大开眼界。

若是认真地看这些负面帖子，发觉他们还真说得头头是道，非常有道理。但里面一面倒的那种论调，让夏盈不是很舒服，这有违事件的概率好吧。怎么可能所有人对一件事都是千篇一律的说辞跟看法。

所以“触点”和别人不一样的她，自然会有反弹的想法，就好比大家都盯着一个人骂的时候，她从来不喜跟风，反而会更仔细地去求证真相，这个性格她从小到大都是如此。

直到她看到一篇差点让她“跳起来”拍桌子的热议。

【流光二十周年，揭露流光新任女总裁与温庭的“关系”】

这篇讨论有够恶心，通篇绘声绘色描述温庭与她见不得人的包养关系。说温庭是靠着她拿资源，才能年纪轻轻就参演各种大导的电影，给他树立起第一小生的名号。而这背后，都是因为这肮脏的“买卖”关系。

简言之，温庭是个靠女人吃饭的软饭男。

还有更恶心的，温庭除了与她有染之外，还有其他金主。

一路上位拿好资源，都是靠这种不正当关系。

夏盈看到后面都气笑了。她回过头检查写这篇文章的人到底是谁，发觉是一个转载的帖子，原作者名叫程莉。

不得不说，这个叫程莉的人文字很具蛊惑和煽动能力，更配上一些十分暧昧的抓拍图。

图片里温庭和夏盈或共舞或者交谈，看起来很亲密，而且厉害的是这些图片都显示一种女尊男卑的氛围，这让“包养”的意味更浓，让人觉得温庭在这段关系里是处于弱势讨好的位置。

夏盈气呼呼地关上电脑，都不想再看那些叫人生气的评论。

明天她一定要叫慕思城好好查查这个叫程莉的女人，到底是何方神圣，居然敢写这种全篇造谣颠倒黑白的垃圾文章。

正当她还愤愤的时候，手机嘟嘟两声，是温庭发给她的消息，只有简单的一句话：“我要起飞了，晚安，早点睡。”

夏盈的心气平息下来，很奇怪，温庭这个人身上好像有这种让人平静的力量。

夏盈仔细想起来，觉得他应该是属于那种很温柔的男人。

温庭容颜俊美，甚至有一种纯挚的透明感。他的侧脸，尤其是嘴唇跟鼻子的线条，都显得很温润。所以即使不认识他的人，第一眼他给人的都是一种舒适感。

但他又极富风情，唇形有反差的艳丽，夏盈喜欢这种丰润的嘴唇，记得她以前在书上看到过一句话，好像说薄唇的男人寡情。这让她想到贺咏伦的长相，他的嘴唇倒的确是薄唇。

夏盈为自己这肉麻的描绘温庭外貌的想法打个激灵，决定睡觉。

她回了温庭一句“晚安”，便关掉了手机，在关上台灯前，她摸出枕下那块父亲给她的玉佩瞧了一眼，见它完好无损地在那里，就安心地放回枕头底下，关了灯让自己沉入睡眠。

她又做梦了。梦里的一切依旧很真实，长发的自己居然和贺咏伦拥抱在一起。

她听到贺咏伦的声音：“盈盈，你终于明白我的心意了。”

“嗯。”她有些害羞，鼓起勇气，凝视贺咏伦的眼睛，“咏伦，你那样奋不顾身地救了我，差一点你就……”

贺咏伦将她抱得更紧：“盈盈，你还不明白吗？在我心里，你的一切都比我自己重要。我爱你！我爱你！盈盈，你不知道我爱你多久了？”

他如此热情喜悦地呢喃着，那诚挚的情感，让夏盈感受到他的真心。

“当夏叔叔要你嫁给温庭的时候，我有多痛苦！你们结婚的那个晚上，我第一次在酒吧买醉。”贺咏伦的声音痛苦沙哑，犹似回到那一夜的苦闷。

“咏伦，我和他什么关系也没有，你相信……”

“嘘，我相信你。盈盈，你是我的盈盈，你只能是我的。”贺咏伦又倏然抱紧她。男人的怀抱炽烫热烈，虽然他箍得太紧，让她有些难受，但她只挣扎了一下便顺从地依偎在他怀里。

因为他是如此热烈地爱着自己，能被一个人这样喜欢，她觉得是一件应该珍惜的事。

况且还是和她一起长大的咏伦。

“你会和温庭离婚是不是？”贺咏伦在她的额上印下一吻，深挚的眼睛看着她。

她点了点头：“当然。我不想和你在一起变成一种不道德，我当然会和温庭离婚。我和他没有感情，本就是被迫的婚事。”

“哦，盈盈，你让我成为这世上最幸福的男人。”贺咏伦得到他想要的答案，面庞燃着幸福的光耀，他凝视夏盈，“盈盈，我想娶你，想和你共度一生，也想和你有很多很多孩子。”

他直白的言语让她俏脸绯红。

她凝视着贺咏伦：“咏伦，你给我些时间，听说温庭最近拍完戏了，他回来我会和他谈。”

“盈盈，我等你，别让我等太久。”贺咏伦深情地俯下头，想要亲吻她的嘴唇，但她还是躲开了。

“别，我和他……还没有离婚。”她的道德感还是觉得不能这样，毕竟她现在仍是个“有夫之妇”。

“好，我爱你。”贺咏伦没有强迫她，改而牵起她的手，放到唇边，深深一吻。

她何时受过这种撩拨，顿时晕红了脸颊，没有抽回自己的手。

贺咏伦离开后，她依旧魂不守舍。她想要确认一下温庭回来的时间，这件事必须马上和他说清楚。

原本他们结婚前就约法三章的，等到合适的机会，解除婚姻关系。

晚饭时，从林姨那边得到温庭已经回来的消息，她吃了一惊。

“他已经回来了？”

“是啊，温先生下午就回来了，但我一直没看见他，可能回他自己房间休息去了吧，因为我看他好像很疲倦。”

她有点心虚和不安。她不确定温庭到底是什么时候回来的，他会不会看到她和贺咏伦……

但看到又怎么样呢？原本她就从没对他有过感情，也一开始就说清楚他们不会有未来。

而且她并未做任何出格的事情。

这样想，她又恢复了镇定，但心里对温庭的排斥好像更深了一些。

她去敲温庭的房门，不是那扇连接他们房间的滑门，而是特意绕到外面的入口，他房间的正门。

温庭打开门，她见他蓬松的一头乱毛，还穿着睡衣，整个人的神色都是晦暗疲惫的，状态好像很不好。

“抱歉，打扰到你休息。不然，我等下再来吧。”她下意识地想要退缩。

“进来。”温庭只说了这样不轻不重的两个字。他打开房门，一双幽黑深邃的凤眸，瞧住她。

她被温庭瞧得有些不自在。

“你什么时候回来的，我怎么一点都不知道？”她下意识地想要找点话说。

“在你和贺咏伦互诉钟情的时候。”他轻沉而冷漠的口吻，令夏盈浑身一震。

他……竟然看见了？

“你……”她一时有些心虚到不能开口。

“你想要和我离婚？”温庭直视着她的眼睛。

她不知道自己心底的这股怯懦和心虚从哪里来。她对温庭向来敬而远之，能避则避的态度。

可现在直接面对他，男人的那张脸，他的眼神他的声音，都好像给她一种无形的威慑力。

她鼓起勇气，终于看着他的眼睛说：“是的，我想要离婚。”

“你爱上了贺咏伦？”

温庭的这句话，让她微微一愣。

他为什么要问这个？

“我……”她从不擅长说谎，她有没有爱上贺咏伦？对比贺咏伦的那番倾诉，她并没那么深的感情。只是贺咏伦在危急关头那样不顾一切地挡在她身前，让她明白了贺咏伦的心意，而且被他的感情打动。

贺咏伦所讲述的那个未来，也让她有些心动。毕竟她还从未拥有过一份真实的属于自己的爱情。

“在这桩利益婚姻之前，我就和你说清楚的，我们两个没有感情，未来在合适的时间找机会离婚，放彼此自由。现在我只是想把这个约定实现。”

她为什么觉得讲出这些话的自己就好像个“渣女”？虽然每一句都合情合理，与最初的想法无任何改变，可这样全部完整地讲出来，听起来非常冷酷？

他幽深的眸子盯着她瞧了好一会儿。她第一次发现温庭的眼睛这样大，深邃的眼皮魅惑勾人，被这双眼睛盯着，为什么心里有种节节败退的感觉？

“所以，你现在是有了情人，要抛弃我？”

他突然讲出的这句话，让她很不高兴。

“我和咏伦不是你想的那种关系，只不过我和他确认了心意，而我确实不想再被这个毫无意义的婚姻拖下去。”

“毫无意义？”温庭沙哑的声音，听起来似乎有些失魂落魄。

“温庭，我受不了你那些新闻。我不适合做你的妻子，不，应该说是做个大明星的妻子。不要说和你出现在公众视线了，你和那些女明星的绯闻，桩桩件件我都不喜欢。”

“那些都不是真的。”他说得有些急迫。

她摇摇头：“我没精力去分辨这些。我只是想如果你能检点一些，又怎么会留下这些不清不楚的传闻呢。而我不能接受自己的丈夫，总和别的女人的名字连在一起。”

“夏盈，我要怎么告诉你？这个圈子不像你想的这样简单，你要的检点和分寸我都有做到，可是一个你看不见的黑手总在暗中搅弄，给你披上这身莫须有的罪名，找人写这些造谣污蔑的传闻并不是那么难做到的。”

她觉得他这是狡辩，都有些气笑了：“温庭，倘若你坦诚一些，我对你或许还能有些好感。我就不问你最近的报道是怎么回事了，但是那一次在家里撞见你跟郭依妮，可是我亲眼看见的！你想说这也是别人污蔑造谣你的谎言吗？”

“那次我就说过，我跟郭依妮毫无关系。我在自己的卧室睡觉，我甚至不知道她是怎么进来的。”温庭急促的声音有些痛苦。

她看他捂住额头，他深吸一口气，望着她的眼睛：“你从来都不相信我对不对？”

“是，我不相信你。所以你该清楚，我对你是什么看法了。离婚的事，我希望你能想清楚同意，我看你今天不是很舒服，你先休息吧，之后可以再谈。”

“夏盈，你真的对我一点感情也没有？”他沙哑的声音忽然问她，“即便我是认真的，想要和你经营我们的婚姻？”

她怔了怔，心头莫名激跳一下。她还是点了点头，不想和温庭有什么更多的牵扯。

她不熟悉这个人，也不想搞乱自己现在平静的生活。她觉得和贺咏伦在一起很安全，不会破坏她从小到大熟悉的一切生活节奏。但和温庭在一起，就万万不会这样。

她绝对受不了那些乱七八糟的女明星的。想到这里，她坚定了自己的想法。她不想再继续这种让她费神的对话，转身离开的那刻，听到身后他喑哑的声音：

“我同意了，你定好时间，我会和你一起去办理离婚手续。”

她蓦然转过头，看着温庭，却清楚地看到男人那双硕大迷人的眼睛里的一点水光。他背过身，可她仍看到了那缓缓流下的透明液体，让她整颗心都受到震动。

夏盈醒来的时候，感觉到眼睫处有一点湿润。她愣愣地还未从梦境里回神，手指无意识地拭过自己的眼尾，透明的液体留在指腹上，居然流泪了。

她盯着晨曦微亮的天花板，深深浅浅地呼吸，想要平复自己的情绪。

又是一个诡异又真实到极点的梦境，就好像发生过。

她和温庭离婚？

不，夏盈下意识地否定这个想法。她现在一点都没这样的想法好不好。

夏盈想到和温庭一起去登山时那猝不及防的一次拥抱，以及和他在一起谈到父亲时心里那种放松舒适的情绪。又想到那一日滂沱大雨里他撑伞走在自己身边，湿透的半身，还有便利店里他为自己拆饭团。

不，她为什么要离婚呢？

夏盈深陷在枕头里的头无意识地摇了摇，她深吸一口气，告诉自己只是一个梦，还好只是一个梦。

这个认知让她慢慢地摆脱掉梦境里的情绪，回复到现实的平静。

她翻身拿过放在床头柜的手机，点亮屏幕看了眼，早上六点零五分。

可真早，她想。

她查看了一下微信，并没有温庭到达后的消息。

夏盈轻咬嘴唇，这个人飞到了也发条消息呀，怎么就没下文了。

从江城市飞到东临市大约四小时的航程，所以温庭到达东临应该是午夜时分。

她忍不住飞快地打字过去：“你到了吗？”

发完后，她就放下手机，想这会儿温庭应该在睡觉，等他回复还要很久。

夏盈放下手机后，放空思绪，出神地盯着天花板上的一处白色小天使浮雕。她讷讷地想梦境里自己的那些所言所行。

其实她好像也没那么喜欢贺咏伦，但为何接受他而排拒温庭？

夏盈觉得梦里的那个自己并不想改变现有的生活，以及习惯的一切。温庭对她而言，是未知的。而她害怕那些未知的麻烦，也害怕自己会受伤。

难道梦里的那个自己也失去了父亲吗？否则怎么会变得这么软弱？

夏盈有些不可思议，并不能接受梦境里那个自己。

虽然这些诡异的梦境，令她的体验不是那么好，可她有些感激它们给她的反思和警示。

只是这真的很奇怪，这已经是第三次了吧，她做这些和现实脱轨的梦，就仿佛是在另一个平行世界。

怎么会一直做这些怪异的梦呢？夏盈的手抚过被褥，被一块沁凉的东西硌到。她拿到手心，发现是枕头底下父亲给她的那块玉石。

在晨光里依旧是晶莹玉润的颜色，夏盈把它轻轻地贴在心口，心绪渐渐地安定下来。

她决心不去想这些她无法解释的事，反正这些梦境也并没对她造成什么不良影响。硬要说，可能就是睡眠质量受到一点干扰，可她也并不常做这些梦。

而且通过梦境，能让她警惕一些事，夏盈又觉得非常必要。

还没到要去看心理医生的地步，夏盈自忖，自己的言行举止并没出现什么精神问题。

在她思索着这些的时候，手机振动了两声。

夏盈拿过来看，是温庭回复她的消息。

才六点十五分，这个人，居然这么快就回复了？他没睡吗？

“我到了，放心，一切安好。”

又是这样简单直男的一句话，令夏盈嘴角上扬。

她想了想，调侃地打字过去：“咦？你怎么回复得这样快，是没睡吗？别告诉我你也那么早就醒了啊，我是昨天十点就睡了，醒得早也能理解，可你飞到那儿就快一点了吧。”

“睡了，不过可能异地，睡眠质量不是很好，醒得早。”温庭老老实实地回复过来。

夏盈扑哧一声：“喔，那你怎么昨天到了不马上给我发一条消息呢。我早上醒过来还翻手机，想看你是不是平安到了，你这个人，没头没尾的习惯不好。”

温庭的信息又回过来。

“到酒店已经快两点了，你睡着了我怕影响你睡眠。”

这样朴实无华的一句话，却让夏盈轻轻咬住唇，心里有份抑制不住的淡淡喜悦。

“好吧，温先生，恕你无罪，你考虑得很周全。”她自己都不知道自己打字时笑得有多开心。

“那么，你睡得好吗？”温庭问她。

夏盈想了想，回复他：“还可以，比前一段时间能睡了，就是老是做梦。”

她并不想告诉他自己梦到了什么。这对他们绝对不是一个好梦。

“那就好，如果还有什么问题，记得看医生。”

她都能想象他温柔的口吻。

“嗯，放心啦。”她飞快地回了这几个字。

“我要起床了，肚子好像饿了，林姨肯定起床了，我现在去看能不能点餐。”她微笑着又打字过去。

“好。”他单调地回应了这一个字，连个可爱的表情都没有。

直男本男，夏盈忍不住轻轻吐槽。

“那你继续睡，再睡一会儿。”她忍不住又嘱咐他。

“嗯，早安。”

温庭的回复让夏盈扔了手机在床上咯咯笑起来，笑到要捶床的那种。

她以前怎么没发现温庭这么好笑。

这种单细胞的思维方式，真的好可爱。

第九章 美男出浴

夏盈来到公司，今天是星期一，她看到一身黑色休闲西服的慕思城走进来。

夏盈发现了，慕思城刻板到连星期几穿什么颜色的西服都是固定的，这家伙，是不是有张穿衣表格啊？

慕思城进来在她桌上放了厚厚一沓文件，她抬头问慕思城：“思城，你知道一个叫程莉的自媒体记者吗？”

“略有耳闻。”慕思城点点头。

夏盈觉得惊异，慕思城居然知道？

“秦盛和我提过这个人，他在筹备起诉她的资料。”慕思城淡淡地解释。

“原来他准备告了啊。”夏盈点点头，觉得合情合理，毕竟那篇文看得她异常气愤，污蔑造谣胡扯，没有底线，是该告。

“我昨天晚上看到她写的东西，最近一篇居然写温庭被我包养了，她脑子是不是有病？”

“气到了？”

出乎意料的是，夏盈看到慕思城淡淡一笑。

能在慕思城脸上看到公事以外的表情，可真是太稀罕了，夏盈觉得这是她跟慕思城关系变好的证明。

“是有点生气，主要她胡扯成这样，而且那种措辞让人非常不舒服，但那篇文居然有那么高的点击和留言，我觉得很不可思议。”

夏盈对网络的这些东西并不熟悉。

“明星都会有黑粉，而这个程莉，你可以把她看成是黑粉里的 No.1，她已经坚持不懈地黑温庭三年了。”

“三年？”夏盈很吃惊。

“一个人会有这样大的精力？”

“不清楚她的背后到底有什么。秦盛也曾怀疑过她是‘职黑’，收钱办事。但找人查过之后，却没有证据。”

“温庭……他还有很多这样的黑粉吗？”

慕思城看了她一眼：“你搜过网络上关于温庭的新闻吗？特别是他刚出道的时候，好几年前的？”

夏盈有些惭愧地摇了摇头：“我昨夜只是看了一些最近的，但都有很多负面新闻。”

“温庭以前很难，他签流光之前，刚进圈的时候，签的是一个非常小的经纪公司。没有经验没有人脉，亦没有手段。那个时候，他受到的造谣污蔑跟陷害，足以把一个人毁掉。”

夏盈觉得慕思城的语气里有些叹息，她忽然意识到慕思城对温庭是赞赏的，否则不会有这种惋惜的感慨。

“那他是什么时候签我们公司的？”

“三年前，演《海岸风》之前，夏先生找的他，夏先生很欣赏他。”慕思城对夏盈说。

夏盈想爸爸的眼光果然很独到。

“我给你看一样东西。”慕思城对夏盈说。

他走出办公室，片刻之后又拿着笔记本电脑走进来。

慕思城把笔记本电脑放在夏盈面前，敏捷的手指飞快地点开一个个文件夹，双击了一个视频文件给夏盈看。

夏盈马上看到拥挤到极点的人群里，温庭被包围，寸步难行。这个形容一点都没有夸张，他的脚几乎挪不开步伐，没有一点空间，而那些对着他拍的手机、照相机几乎要戳到他脸上。

他身边只有一个矮小的女助理，根本没法为他阻挡那些人，甚至还要揪着他维持自己的平衡。

温庭的脸看上去比现在更加瘦削，他穿着一身黑，连口罩都是黑色的，夏盈只能看到他那双疲惫的低垂的眼睛。

他慢慢地往前走，女孩们依旧喧闹地拥着他尖叫拍照。他抬眸，眼神有一点冷，但眉目之间并没什么厌烦和不耐烦，只是没什么表情继续往前走。

“你看清楚了。”她忽然听到慕思城的声音。

夏盈有些不解，慕思城却立刻给她放了另一个视频。

这个视频正是刚刚温庭那个抬眸的慢动作，不知放慢了多少倍速，那有点冷的眼神，在这样的慢速之下，整个动作都变味了，让人乍看之下，就觉得他在不耐烦粉丝，并且心存嫌恶。

刚刚她看的是自然速度，一气呵成的动作，明明是他疲惫的样子，但眉目依旧很温和。

而这个“加工”过的视频中，温庭的态度看起来就很是不妥了。

慕思城把标题指给她看，她立马看到让人反感的一连串标题。

【温庭对粉丝冷脸。】

【温庭看不起粉丝。】

【可怜的庭院们，被主子嫌恶，追星追到这样卑微！】

“看到了吗？以前的他就是这样，在这样疲惫的状况下，还能被人扭曲放大到这种程度抹黑。”

“在夏老签他之前，他一度因为名声太糟而没戏拍。”慕思城叹口气，“夏小姐，这圈子就是这样一个残酷之地，希望你能够有心理准备。”

“我没想到是这样。”夏盈轻声道。她忽然想到登山时温庭对她说别人“妖魔化”他，心里有些不受控制的酸涩。

“我以为温家多多少少会保护他一点……”

慕思城摇摇头：“他跟温家的关系很差，而且温家之前不涉足娱乐圈。后来温家接臻美剧场和其他一些项目的承建合作，也只负责工程方面。我曾听夏老提过，温稹远不知因何缘故，特别讨厌演艺圈的人。是以温庭考戏剧学院的时候，就已经和他闹翻了。”

“我还真是不了解他……”夏盈轻声低喃，发觉自己对温庭的了解少得可怜。

“你昨天和我打电话说起温黎邀请你的事情。”慕思城提到这件事。

夏盈抬头看他：“对，我从没见过温黎，有点不自信，要不你和我一起去吧？”

慕思城摇摇头：“之后几天我要去西市出差，这次你只能一个人去。”

“害怕？”慕思城端详了下她的神色。

“那倒没有。”夏盈落落大方地回答他。

慕思城微微一笑：“也是，虎父无犬女，我就没见夏老害怕过什么东西。”

“我需要你给我点注意事项。”夏盈很直白地求助。

“少喝酒，能不喝则不喝。温黎是花花公子，所以不要对他有另外的好感。贺咏伦和他关系不错，如果有谈到新的合作，多留个心眼，但不要答应任何事。”

“思城，你真的像一个人体机器人。别皱眉，这绝对是恭维你的意思。谢谢，你的建议给我助益良多，我知道了。”

慕思城挑眉看她：“最后一件重要的事，手机保持二十四小时通畅。有问题马上联系温庭或者我。”

“哈哈，你说的这样子，感觉你们两个像我的保镖。”慕思城无意中戳到夏盈奇怪的笑点，让她忍俊不禁。

看她笑得像个傻子似的，慕思城保持着一个特助该有的优雅，虽然他很想对这位夏小姐翻白眼。

温庭穿着一身舒适的运动棉衫，参加了蔡导发起的围读会。基本就是即将开拍的电影主创们碰个头，熟悉剧组成员跟团队，剧本围读，还有一些安排调节的事宜。

在介绍主演的时候，郭依妮这个名字让温庭觉得耳熟。他想起来了，原本他打算出演《日暮晚风晓》那部电视剧，好像女主角就叫这个名字。

温庭不认识郭依妮，只知道她是个新晋小花，之前贺咏伦企划了《日暮晚风晓》，而女主角启用郭依妮，让温庭知晓这个女演员背后的势力不容小觑。毕竟一个名不见经传的经纪公司，可以跟流光合作，而又是内定的女主角。在圈子里这么久，这些事温庭自然心知肚明。

但未承想，《日暮晚风晓》他不拍了，郭依妮居然也不拍了，并且还出现在蔡导的剧组，拿到女三号的角色。

这位郭小姐果然来头不小。但温庭也只是掠过念头，便没再放在心上，别人的事与他无关。

“来来来，介绍一下我们剧组的摄影师，许勇力。大家都认识许大师吧。”蔡时珍声音含笑。

许勇力哈哈一笑，急忙抱拳：“蔡导抬举抬举，能跟您合作是我的荣幸。”

许勇力的摄影技术，在业内是很有口碑的，蔡时珍请到他，自然也多了一份助力。

“这是我助理方晴晴，大家叫她小晴就好。”许勇力身边站着一个不起眼的女孩，戴着一副厚重的黑框眼镜，在这一圈的美男美女之中，显得过分简陋了。

郭依妮轻蔑地瞥一眼这其貌不扬甚至有点丑陋的女孩，只听她怯生生地喊：“各位老师大哥大姐好！”

温庭看她怯怯的视线望向自己，便冲她友善地点了点头。谁料这女孩又飞快地撇开视线，低下头，活像温庭让她感到了不舒服似的。

温庭有点摸不着头脑，只得不再去注意她，免得让人家难堪。

郭依妮的视线落到温庭身上，还真是个美男子。他正好坐在窗口的位置，日光微洒，光亮里他的脸有些朦胧，光影交替，呈现出惊人的美来。

说眉目如画也不为过，雕刻般的五官，星眸，挺鼻，嘴唇也非常好看。郭依妮有点惊艳到，这就是蔡导时时夸在嘴边，最上镜的脸。

果然，不论是在荧幕上，还是现在私下看，都让人赏心悦目。而此刻素颜的他，眉目间有股清澈温柔的魅力，跟在大荧幕上是截然不同的。

郭依妮一时有些失语，暗想那位夏大小姐，这样一个人在身边都不动心，还要和她争咏伦吗？

贺咏伦，想到这个名字，郭依妮心口立时有股又爱又恨的情绪起伏。

不，她会得到他的。她郭依妮想要的东西，还从来没有抢不到的。

围读结束的时候天已经黑了，蔡时珍安排了明天试妆，是以就没有聚餐，要求大家都回去好好休息，以最好的状态准备第二天的试妆。

外面下着大雨，温庭系好安全带，听到开车的助理陆修的声音：“庭哥，晚上想吃什么？没想到东临这个季节也这么多雨，都快跟江城差不多了。”

“下雨也不错。”温庭微微一笑，其实他还挺喜欢雨天的。

“我要吃东临的特色馄饨。这湿漉漉的天气，来碗热乎乎的馄饨，再棒不过了。你别说，这刚提起我肚子就叫了。”

温庭喜欢听对方叽叽喳喳生活化的琐碎唠叨，陆修跟在他身边三年了，很多时候从陆修的唠叨里都能解除一些他工作后紧绷的情绪。

“咦，许老师的车好像有问题，我看到他们下车了。”陆修忽然说。

温庭便对他说：“你去问一下吧。”

“嗯。”陆修打开车门，刚准备解了安全带去问，没想到许勇力他们已经走了过来。

“许老师，你的车怎么了？”陆修忙问。

“这车突然就抛锚了，看来要打电话叫修理了，温先生你们是不是回酒店？”

温庭听到他们的对话，便拉开车门：“许老师可以坐我们的车一起回去。”

许勇力爽朗地笑起来：“我倒不用，我在这儿等修理工过来。不过麻烦温先生让我的助理小晴搭个车回酒店，毕竟她一个姑娘家，东临又人生地不熟的，怕她不安全。”

温庭自然答应，许勇力就笑着谢过他，招呼方晴晴上车。

温庭坐回自己的位置，本以为那位助理小姐会坐到副驾驶的位置上，谁知对方拉开了他这边的门走了上来。

温庭也说不清为什么，心里有点微妙的感觉，但没说什么，只对这位助理点了下头，便戴上耳麦做出休憩的样子。

方晴晴坐到了温庭旁边，温庭虽闭着眼，但能感觉到她的视线停留在自己脸上。

虽不太喜欢，但别人要多看他几眼他自是不能阻止。

陆修发动车子，回酒店的路上为避免尴尬，陆修还和方晴晴聊了几句。

温庭不参与他们的聊天，他一直闭着眼睛装作休息的样子。陆修在后视镜里瞧见方晴晴还在看温庭的样子，便也住了嘴。

他觉得这位方小姐有些不太懂礼貌。别人给她搭车，但她也不能这样肆无忌惮啊。也许是庭哥的粉丝吧，陆修专注到驾驶上，还是快些开回酒店吧。

方晴晴下车道了谢，陆修回了她几声，其间温庭一直默不作声，但方晴晴似乎也没因遭受的冷遇而感到挫折，她笑嘻嘻地跟他们告别。

陆修看着她走远，才松了口气，对刚才印象最深的一件事忍不住发表意见："这姑娘腿好粗啊。"

温庭看他一眼，继续保持沉默。

陆修嘿嘿一笑，忙跟上温庭。

方晴晴回到自己的酒店房间，锁上门，马上打开一台黑色的手提电脑。

只见她将一只小型的物件插到电脑上，导入文件，片刻之后方才温庭在车上闭目休憩的样子便清晰地呈现在她屏幕上。

方晴晴盯着屏幕看，眼里露出一丝贪婪痴迷的神色。她又打开一个加密的文件夹，那里面密密麻麻的都是偷拍温庭的照片，若是现在被谁撞见，肯定会被吓到。

方晴晴神色漠然地关上电脑，她鼻翼两侧深深的法令纹牵皱起来，露出得意的笑。

温庭洗过澡从浴室出来的时候，听到手机的声响。

他走过去，发现是来自夏盈的视频通话要求。

温庭点了接受，虽然不知夏盈要做什么，但这是她第一次跟他视频。

屏幕上出现穿着浴袍头发湿漉漉的温庭，对夏盈的冲击不可谓不大。

夏盈面颊有些升温，但仍旧发挥她“厚脸皮”的潜质，嗯哼了一声。

“我打扰到你洗澡了？”

温庭被她故作镇定实则不好意思瞟自己的模样逗笑，他敛了敛浴袍，拿着手机坐到床上：“没有。”回应的声音带着黏糊的鼻音，是他自己都没察觉到的性感。

夏盈听了脸更红了，她轻咳一声：“明天我要去渡海镇了，温黎的邀请。”

“嗯。”他随意应了声，找了条毛巾一只手揉着头发，一只手举着手机。

“要不，等你弄好我再打过来。”夏盈实在受不了屏幕里的这幅“美男出浴”图。这个人一定不知道他做这些日常事情也会给人造成困扰。

“抱歉，我不弄了。”温庭怔了一下，扔下毛巾，以为夏盈不喜欢他这样分神地和她通话。

“我不是这个意思。”夏盈简直觉得自己有理也说不清，她突然很后悔冒失地弄什么视频通话。

太尴尬了，夏盈在心里咆哮。

温庭扔了毛巾后，端端正正在床上正襟危坐。夏盈又想笑心里又有股莫名的柔软。他为什么这么好这么温柔呢？还是只对她？

这个想法让她的心怦怦跳。

“那个，我明天是和贺咏伦一起去，慕思城不在江城，去了西市谈特效公司的事。”夏盈对温庭解释着，“不过你不用担心，他都叮嘱过我该注意的事了，而且要我手机保持通畅。”

夏盈觉得温庭现在的神色，有点像她爸爸以前为她操心时候的表情，有点好笑又非常亲切。

“嗯，那你自己注意安全。”他只能这样嘱咐。

“我明天还可以‘骚扰’你吗？”

夏盈俏皮的问话让温庭嘴角翘起。

“可以。”他爽快地回答她。

“几点比较好呢？你明天的工作怎么安排？”

原来她有这样多的问题，温庭想，打开话匣子之后她简直像十万个为什么。

“明天试妆，所以不会结束得很晚。跟今天差不多的时间可以打过来，如果晚上有聚餐的话，我会提前通知你。”

“哦，那还有一个问题。”夏盈盯着屏幕。

温庭的美颜赏心悦目，但见他含笑的脸，每一处毛孔似乎都经得起放大。

夏盈整个通话过程其实心里都在跌宕起伏，就像在高空蹦极那样，只是她表面装得比较好而已。

“女演员漂亮吗？”

她脱口而出的问题，让温庭微微一怔，却也让她自己红了脸。

问的这是什么，夏盈，你这算在查勤吗？真丢人呀。她心里的小人非常傲娇地冷哼。

温庭轻轻一笑："我没留意。不过在我眼里，你最漂亮。"

哈？

他温柔磁性的话，让夏盈彻底红了脸，嘟的一声就按灭了屏幕，直接挂断视频通话。

温庭一脸的措手不及。而扔了手机的夏盈，则捂着自己的面颊，满脸通红。

好半晌之后，温庭才收到来自夏盈的信息。

"温先生，以后不许这样随便夸女孩子，你不知道这种话对女孩的杀伤力。"

她还附上一个可爱警告的卡通兔子表情。

温庭愕然一笑，随即回复过去。

"我想你误会我了，我从没这样对别人说过。还有，我说的是真的，在我眼里，你最漂亮。"

他回复的话让夏盈红着脸盯着手机笑了半天，她此时仰躺在床上，举着手机，屏幕照着一张蓬头垢面的脸，害羞地笑着跺着脚丫子，嗯，简而言之，毫无形象可言。

但内心的喜悦，无法言说。

她在自己的大床上滚过来又滚过去，最后埋进被褥，给温庭发过去一句"晚安"。

第十章 天生一对

夏盈和贺咏伦到达渡海镇的游艇港时，蓝天白云风平浪静的海面波光粼粼。

夏盈喜欢海。在她还是小女孩的时候，父亲就带她四处游历，也因此她见到过很多海岸的风景。

她随着贺咏伦上了游艇，见到主人温黎。

温黎给她的印象，和她想象中不一样，算是英俊，但和温庭那种惊人的美貌还是差距十分明显。

夏盈暗思为什么容貌差别这样大，难道基因影响很大？还是温庭长得像妈妈，而温黎则更多的像他父亲？

她知道温稹远有三子二女，对比她父亲只有她一个女儿，温稹远算是儿女满堂。

看来温稹远大概有好几任太太。夏盈暗想，平时她对这些豪门秘密并不热衷，因此对温庭的家庭关系到底如何并不清楚。

但现在见了温黎，她觉得很有可能他们并不是同一个母亲所生。

毕竟从长相上，找不到任何一点相似之处。

“夏小姐，欢迎欢迎。”

“叫我夏盈就好。”夏盈笑着与他握了下手。

温黎的眼睛倒是熠熠摄人，夏盈观察他，觉得他是偏成熟的长相，其实他年龄与慕思城差不多，三十岁左右，但看起来比实际年龄老成了很多。慕思城虽然时常面瘫，但其实是个高挺的美男子，而且还显年轻。

温黎的身高不及温庭，但也不算矮，夏盈猜测他大概堪堪一米八。他穿着一身白色的西服，把自己打扮成一个白马王子模样，身后跟着一个高个子美女。

嗯，美女比他还高，身材曼妙有致，应该是个模特。但温黎毫不介意自己还不及女伴高，他游刃有余地搂了下女伴的腰。

一行人坐下来，海风迎面吹拂。

夏盈打开包包，里头的一小块丝巾一下被吹起来，幸而被温黎一把抓住。

“丝巾还佳人。”温黎微微一笑，把丝巾递还到夏盈手心。

夏盈道了声“谢谢”，温黎打个手势，随即就有侍者送来香槟。

“夏盈……盈盈，我可以叫你盈盈吗？”他忽然改口，似乎对盈盈这个称呼更情有独钟。

夏盈虽然内心不愿意，但也不是矫情的人，再者夏家和温家合作有好几个项目，没必要为了个称呼浪费半天。

她淡淡一笑：“大哥要这么叫我当然可以。”

“大哥？”温黎愣了一下，稍即反应过来。

他嘴角漾起一个说不上多愉快的笑，说了句似笑非笑的话：“对了，你是小庭的妻子，我那个弟弟。”

“弟弟”这两个字他落音有些重，夏盈不喜欢他阴阳怪气的语调。

“温老板，小庭是谁呀？”美女对他投怀送抱，娇俏地问。

夏盈只觉得这画面有点辣眼睛。

温黎轻轻一笑：“小庭嘛，我最小的弟弟，也是最不听话的，每次出现都能把我家老爷子气得半死的那种。”

美女听了咯咯直笑：“哎呀，这样听着可是个麻烦人物。”

“那是了，毕竟我和他不是一个母亲生的，所以性子也天差地别。”温黎笑着哼了声。

“温先生，我们要谈公事，这位小姐……”贺咏伦适时地出声，意有所指，似乎觉得这女人太吵了。

温黎立马会意，便抬了抬下巴对美女说：“你先下去，等我们谈完了再上来。”

“好。”美女十分懂眼色，乖顺地退到船舱下面去了。

一时间外面只剩三个人。

夏盈心里已经不怎么喜欢这个温黎了，但碍于他是合作者，自然表面功夫还是要做的。

“开幕式大哥准备怎么办？”她直奔主题，并不想浪费时间。

温黎把他的构想说出来，夏盈听了倒是有所改观。心想毕竟是温积远的大儿子，经手的大项目不知几何，这与他方才面对美女的态度是截然不同的。

温黎那种骨子里的精明让夏盈佩服，但同时也不喜欢他透露出来的傲慢。他们夏家还不至于要仰人鼻息看他脸色。

她心里这么想的时候，身边的贺咏伦也开口了。

夏盈有些惊异地发现，贺咏伦能言善道，并且一点都不失于温黎的气势，这两个人之间那份看不见的较量不可谓不激烈，但夏盈却挺欣赏贺咏伦此时的“气节”。

怎么说他都是父亲助养大的孩子，这一刻与她站在同一阵线的守护，让她又有几分从小一起长大的亲密。

“我们这边的意向便是如此。”贺咏伦看着温黎淡淡一笑，“开幕当天媒体的招待可以全权交给我们。媒体的选择名单亦有玄机，相信恰当的宣传之后，是对我们彼此都好的事情。流光影视在业内纵横二十余年，相较于温氏，与媒体的亲密度自然更深一些。”

温黎当然明白贺咏伦内里的意思，他心中虽气不能压制流光，但也知道关于舆论方面水有多深，便笑着接口：“那就全权交由流光了，我很期待。”

“至于邀请出席的明星嘉宾，其实温庭是最佳选择。”贺咏伦看着温黎。

温黎摇摇头，面上有几分皮笑肉不笑的神气：“看来你们太不了解温庭了。”

他这样说，目光在夏盈脸上转了一转。

“第一，温庭很不喜欢这种场合和事情。”温黎虽然笑着，夏盈却觉得这笑容很阴险。其实一般人看见温黎应该觉得是儒雅风度的美男子，夏盈也不明白自己心里感觉他阴郁的这股凉意从哪里来。

“第二，温庭和温家的关系从未公开过，他自己不想牵扯其中，父亲亦不喜让人知道他是自己的儿子。请他出席，又是同姓，有好事的媒体想要深挖，之后就会多很多麻烦事。”

“温老先生很讨厌温庭吗？”夏盈也不回避，看着温黎问。

“盈盈这句话就很有意思了，不应该叫爸爸吗？也对，你们结婚以后好像还从未来温家吃过饭，更别提见面了。”温黎的语气中有几抹讥讽之意，“当初这婚事就是夏老单方面的执意，碍于两家的合作关系，父亲自然也应允了，但温庭是让他不满的，可知父亲当初心里的人选是我二弟温洵。温庭早些年执意要做戏子的时候，就跟父亲闹翻了，之后将近十年更是没回过家。这么多年里唯一一次听话居然是和你结婚，说来也是奇事。”

“他为什么不同意温庭去学戏剧？”

“看来你真的不知道，温庭没对你说过吗？他妈妈以前就是个演员，从小三做到了正妻，不过是第三任老婆，还给我爸爸戴了绿帽。老头对那女人恨到要死，就连她死了都不许葬在温家的墓里，当然对温庭要‘子从母业’接受不了，知道温庭偷偷考上的那天差点打死他。”温黎啧啧地叹息了声，眼睛瞟一眼夏盈，淡淡一笑，“说起来都是我们家的丑事，不提也罢。”

夏盈在听闻温庭曾差点被温积远打死时，心口一痛，她无法形容那种蔓延到全身的不适感。她深吸一口气，提醒自己保持理智，淡声道：“这样看来温老先生的确讨厌演员，可既然如此，怎么又会愿意跟我们流光合作？”

“我父亲跟夏老可是几十年的老朋友了，这情分怎会因为一个戏子的插曲而改变？生意是生意，这道理盈盈还不懂？”温黎轻蔑一笑。

“的确，生意是生意，温大哥明白这个道理就好，开幕式上可别在媒体面前透露出对戏子的厌恶，毕竟媒体是最喜欢编故事的了。”夏盈微微一笑，露出洁白的牙齿，压着心里那口气，让自己看起来特别可爱无害。

温黎倏然被噎了一下，眼神转而锐利地瞪视着夏盈。

夏盈笑得更天真了，一脸纯挚崇拜地望着他。

温黎说不明自己心上复杂的感受，顿时哑火。

贺咏伦冷眼旁观，岂会看不出夏盈明里暗里对温庭的维护。这份维护让他心里有股难以平息的嫉妒之火，越烧越旺。

一整场笑里藏刀的商务会面之后，温黎招待了午餐，甚至还特别配备导游带他们出行。

夏盈没有兴趣随温黎出海海钓，说想要回酒店休息，贺咏伦便跟她一起，也因此温黎给他们请了当地的向导，倒也照顾得周全。

导游口中所说的美玉节吸引了夏盈的注意。

“夏小姐来得刚巧，这两天就是我们渡海镇的美玉节。全都在市集中心摆着展览呢，有各式各样精美的玉石。”

“夏盈，去看看吗？”贺咏伦在旁边笑问。

夏盈从小就喜欢各种稀奇古怪的玉石，也因此疼爱她的夏成鉴送给过她很多美玉。她最喜欢的那块，便是二十四岁生日时父亲送她的白玉，亦是她放在枕边的那块。

夏盈看了下时间，才午后两点，就算逛完回酒店吃晚饭，和温庭通电话的时间也绰绰有余。

于是，她点了点头。

贺咏伦见她答应，便安排了车子，让导游带他们去。

他避开所有人，拨了一个电话。

当电话那头的人接起的时候，贺咏伦压低了声音：“一切照计划行动。”

说完这句话，他就挂断了。

渡海的美玉节，名副其实，夏盈进入市场之后，就被琳琅满目的玉石吸引了。

等她无知无觉地看到第三家店时，才发觉自己心里想要找什么，她想找一块适合温庭的玉，送给他。

夏盈被自己这个倏然明晰的念头弄得有点脸红。

一家装饰古朴的店铺吸引了夏盈的视线，主要是这铺子不一样，店家在门口放的是那些破旧玉石，和其他家光彩摄人，恨不能从门口就吸引顾客的做法大相径庭，也让人忍不住多留意几眼。

夏盈刚到门边，就听到里面说话的声音："所以呢，这玉石兜兜转转还是到了他后代的手里？"

"是啊，说起来也是桩妙事。"一个苍老的有故事的声音，听着很让人入神。

夏盈觉得这声音让人心里感到沁凉，便不由自主迈步进去，想要看看能不能在这里买到心仪的玉石。

第一眼她就喜欢上了这个店主的摆放，他的货架也是朴素甚至感觉快要坍塌的老木架。

风格不一的玉石如同原生态的慵懒摆放，但每一处都有股说不出的妙意，吸引眼球。

她喜欢这份古韵，这也是她在所有的饰品里最爱玉石的原因。

夏盈的视线很快被一块莹白色的玉石吸引，这块玉石的形状很奇妙，居然有一点像心形的形状，最让夏盈在意的是，她觉得和她自己那块玉有种本是同根生的感觉。

她礼貌地问那位老店主：“爷爷，这个我可以拿起来看一下吗？”

那老店主眯着眼睛，看清她的脸，颤颤巍巍地笑起来：“拿吧拿吧，小姑娘，你尽管看。”

夏盈小心翼翼地把玉石摆放到手心，沁凉入心的感觉，真的好像她那块玉。

只在手心一会儿，就变得慢慢温润起来，心也莫名地安静下来。

“小姑娘眼光不错，这可是正宗的蓝田玉，玉璞新开，人工雕琢的痕迹亦不深，浑然天成。”

“我有块玉，感觉和它好像。”夏盈不由自主把她随身佩戴着的那块白玉掏出来给老人看。

那老店主戴上老花眼镜，看夏盈戴在脖子里那块串着红线的白玉，等他拿放大镜逐一细看质地花纹之后，他惊叹着：“奇哉妙哉，竟真像是源自一处。”

夏盈甜甜一笑：“老爷爷，真是有缘。这块玉是我爸爸送给我的生日礼物，而您店里这块玉，我可太中意它了，不知您可否割爱把它卖给我？”

“老头我开店把它放在架子上自然是卖它的，既然这么有缘，不卖给你这个可爱的姑娘还卖给谁？”店主老爷爷呵呵一笑，“不过你这丫头都有一块了，还要来一块，哦，老朽明白了，是送给男朋友是不是？”

店主老爷爷看一眼夏盈身边的贺咏伦，抬抬眼镜。

夏盈红着脸摆手：“您搞错了，他不是我男朋友，这是我的同事。”

夏盈不想详细解释，只是也容不得别人误会她跟贺咏伦的关系。

老爷爷笑了笑，兀自去给夏盈包装玉石。

贺咏伦为夏盈方才害羞的模样着迷，心里有份莫名的欣喜。他看着那块玉，难道夏盈买了是要送给他当生日礼物？

他想起自己的生日就快到了。

夏盈支付完毕，从店主老爷爷那里接过玉石。放进包中之前，她仍旧忍不住打开盒子，和自己戴在脖子上的白玉又比肩而放，很是喜欢两块玉并排在一起的这份感觉。

“此玉有灵。”

身后忽然传来一道悠长洪亮的声音，让夏盈吓了一跳，她回过头，竟看到一位光头大师，一副出家人的打扮。

夏盈愣愣的视线转到自己手中的两块玉，却见那大师走近几步，手指轻轻点了下她手心串着红线的那块玉。

“此玉有灵，是来自长辈吗？”那大师问她。

夏盈心底涌起一股伤感，点了点头：“是的，大师，是我爸爸送我的。”

“这是块好玉，带着长辈的爱意。既是你父亲送的，就好好佩戴着，让它守护你。”那大师看着她。

夏盈不觉对他鞠了一躬：“我会好好珍惜的。”

“是个聪慧的孩子。”大师点了点头，便转身而去。

贺咏伦方才在看别的东西，看到夏盈和陌生人交谈，还是个和尚，等那和尚走了他走近过来问夏盈：“他跟你说了些什么？”

“没什么，就说爸爸送我的这块玉是好玉。”夏盈将玉佩小心翼翼地塞回衣服。

“神神道道的，这里人多眼杂，你小心些，还是跟紧我，可别遇到什么危险。”贺咏伦皱了皱眉，就不喜欢夏盈这点，随便和什么人都能搭讪，没有一点危机意识。

夏盈心里自是不同意他的话，不过也不理他，只悄悄吐了下舌头，回头对店主老爷爷笑道：“老爷爷，我走了，谢谢你的玉，是我今天得到的最好的礼物。”

那店主老爷爷看两人走远，抬了抬夹在鼻子上的老花眼镜，笑着自语：“原来不是男朋友啊，还好还好。年轻人眼神阴鸷，不可靠。好姑娘眼光还是靠谱的。”

第十一章 拒绝表白

夏盈和贺咏伦一起走出集市，贺咏伦安排了车子送他们回酒店。

但是，到了停车的地方他们却并没有看到车，贺咏伦环顾四周，对她说：“我打个电话催一下，你在这里别乱走。”

“嗯。”夏盈点点头，发现这里不如集市上那么热闹，是个很空旷的停车场，除了停着各式游客的车子，都看不到人。

贺咏伦挂了手机对她说：“李师傅的车子在前面小路抛锚了，我过去看一下。”

“我跟你一起去。”夏盈直觉不想跟贺咏伦离得太远，毕竟温庭和慕思城都提醒过她要注意安全。

贺咏伦瞥她一眼：“你穿着高跟鞋，这里的地凹凸不平，就别受罪了，就在前面，我去去就回。”

“不，我跟你一起。”夏盈坚持。不知是第六感还是什么，她总觉得不该单独一个人。

贺咏伦怔了一下，最后说：“好吧。”

夏盈便紧跟上贺咏伦，在她踉跄了一下之后，贺咏伦忽然回头：“不然我背你？”

夏盈急忙摇了摇头："不需要，刚才是我没看好路。"

她振作精神，越发小心翼翼地跟上他。她觉得贺咏伦似乎笑了，也不知是自己的样子太蠢还是什么缘故。

两人顺着无人的土坡道走了一段，夏盈正想着那位李师傅的车子到底抛锚在哪里，忽然从草丛里蹿出来两个人，把夏盈吓了一跳。

她没办法不害怕，因为这两个人一看就来者不善——凶狠的目光，衣衫褴褛，很有点亡命之徒的感觉。

"把值钱的东西交出来。"那两个人似乎瞄上夏盈了，盯着她上上下下瞧，露出贪婪的神色。

夏盈被盯得心里发毛，作势打开包包，把钱包掏出来扔了过去："我的钱都在这里了，你们别乱来，都给你们！"

她声音有些颤抖，一面又观察发现这四周没有摄像头，亦没有行人，倒真是打劫的好地方。

其中一个男人捡起她扔过来的钱包，打开检查了一下，嘿嘿一笑："哥们，今日碰到个大肥羊，这么厚的现金！"他对同伴比画了一下。

"把包也交出来！"贪婪的劫匪没有满足于她的钱包。

"包包里没什么了，就一点纸巾。"夏盈不想把包交出去。她刚买的玉石就在里面，她想要保住它。

"你干什么，啊！"

一个男人冲过来强拽夏盈的包包，夏盈拼死挣扎，虽然她很怕，但她也不知哪里来的勇气反抗他们。

这时，贺咏伦挡到她面前，跟那两个男人扭打起来。

“咏伦！”夏盈惊呼一声，眼见贺咏伦被重重击打了一拳。

贺咏伦抹过嘴角的鲜血，却依旧没有惧色，只把夏盈拉到身后，一副守护的模样：“别害怕。”

他又跟那两个男人厮打起来，夏盈惊慌中摸出手机想要拨打 110，却被其中一个眼神锋利的男人一脚踢掉手机。

在男人一拳快要打到夏盈的时候，贺咏伦及时挡在她身前，“砰”的一声硬生生受了那拳。

“咏伦！”夏盈被贺咏伦满脸是血的样子吓到了，大概是见情况严重了，那两个人抓着夏盈的钱包拔腿就跑。

而贺咏伦倒在夏盈怀里，昏迷前还哑声问她：“盈盈……你……没事吧？”

贺咏伦醒来的时候已经在医院，他睁开眼睛看着陌生的天花板，闻到他并不喜欢的消毒水气味。

“咏伦。”他听到她天籁一样的声音。

贺咏伦心神一荡，盯着夏盈，想要从她脸上看出一点自己想要的东西—— 她有没有感动？她有没有为自己担惊受怕？

“盈盈……”他哑声叫她。

“别担心，你在医院，医生已经给你检查过伤口了，没有脑震荡，外伤也已经消毒包扎。”夏盈对贺咏伦解释。

“那两个人……”

“我已经报警了，刚刚跟警察叙述了一遍事情的经过，他们会处理。”夏盈对贺咏伦说。

贺咏伦点点头：“你没事吧？”

“我没事。”夏盈摇了摇头，看他的目光里带着担心，“我什么事都没有。咏伦，谢谢你保护了我。”

“说什么傻话，我怎么可能在那种情况下弃你于不顾，我……”他“嘶”了一声，似乎碰触到伤口很疼。

“别动了，好好休息。”夏盈怕他再有什么不妥。

她想去叫护士来看一下，却被贺咏伦倏然拉住了手。

“咏伦，你放手，我去找护士小姐来看一下。”夏盈对他说。

贺咏伦却牵得更紧了，他深邃的目光凝视她：“盈盈，不要走，我喜欢你。”

夏盈吃了一惊，而她的惊讶也清楚地写在脸上。

贺咏伦观察她的反应，心里有些失望。

“咏伦，我……我不知道该说什么，你突然说这个……”夏盈很无措，尴尬更甚一些。

“我一直喜欢着你，盈盈，刚才你遇到危险，我心里唯一的念头就是要守护你，要你平平安安的……”

夏盈着实不想继续进行这个话题，她轻声安抚贺咏伦：“咏伦，你先别说这些了，闭上眼休息一下。”

“你对我没有这样的心意对吗？”贺咏伦深情的眼睛里涌

上失望和悲伤。

“我……结婚了。”夏盈只能回答出这一句。

贺咏伦的心凉了。这一刻，他清楚地看到夏盈的为难跟不自在。她没有丝毫在知悉他表白后的喜悦，也就是说，她对他没有同样的感情。

怎么会这样？一直以来，他们都很融洽，他还记得在她的小书房那些有商有量的日子，夏成鉴去世后她悲伤过度对他的依赖，如此种种，竟都不是他以为的那份感情吗？

“盈盈，不要拿这个敷衍我，我们都知道你为什么和温庭结婚，以前你不也说过会在适当的时候跟他离婚吗？”

他竟存有这样的想法。

忽然，这些片段跟对话，跟夏盈那些诡异的梦境混到了一块儿，那种窒息跟恐怖的阴影又布满心房。

她看着贺咏伦被打得青紫的脸，凝声说：“咏伦，你不是我，所以我的婚姻怎么样，还轮不到你来置评。我只回答你一次，我很谢谢你今天对我的保护，但你的那份感情，我无法回应你，因为我对你没有这样的心意。”

贺咏伦如遭重击，他万万想不到夏盈竟会说出如此无情的一番话，但又句句分明，思路清晰。

他一时怔然望着夏盈，为什么他忽然觉得她如此陌生？为什么她的反应都不如他所预料的那样？究竟哪里出了差错？

在贺咏伦正难过时，夏盈的手机响了，她看到是温庭打来的电话，便走到一边接听起来。

“喂，嗯……”

贺咏伦只能听到她柔和的声音。

“晚上要聚餐吗？好，我知道了。”

“没关系，当然没关系……”

“这边出了一点事。对，已经没事了，咏伦保护了我……”

他断断续续听到夏盈的声音。

她越这样说，贺咏伦的心越像被什么啃噬一般，沟壑难填，他无意识地握紧自己的拳头，已经听出手机那端的那个人是谁。

温庭。

夏盈在跟温庭打电话，她把遭遇的事情巨细无遗地告诉他，甚至带一点撒娇的口吻。

什么时候，变成了这样？

什么时候，他们竟如此亲密了？

贺咏伦只觉头痛欲裂，心里那股对温庭的妒恨跟厌恶，深刻得令他几乎想马上看到温庭身败名裂。

温庭打来视频电话的时候，夏盈已回到酒店洗过澡，连带剩下的那些不安也被洗去。

她看到视频里戴着棒球帽和复古眼镜的温庭，忍不住笑问：“我是不是害你都不能好好聚餐了？”又问他，“你在哪里？”

“厕所。”温庭的回答令夏盈忍俊不禁。

“好惨。”她笑起来。

“还好。”温庭轻轻一笑，抬了下帽檐，“刚刚打电话的时候我还在工作，现在心情怎么样？”

“都说没什么了，我没受到一点伤害，就咏伦为了保护我受了点伤。”夏盈并不想对温庭提及贺咏伦对她表白的事，“他干架不太行。”她回忆了一下，想让温庭不要担心。

“还是要谢谢他，如果他不在现场，真不敢想。”

夏盈特别喜欢温庭这样磁性又日常的音调，但是这一点不能对温庭说出来，因为只会让她害羞，她表现得就好像个花痴一样啊。可是觉得自己的男朋友？划掉，丈夫声音好听，也不是什么怪事吧。

“以后出行安排个保镖吧。”温庭轻声说。

夏盈点了点头，经过今天的事，她也觉得有必要。

“好了，别再说下午的事了，我想快点忘掉，我可不想记着那两个家伙的样子入睡。你说点别的，让我开心开心。”夏盈不自觉就对温庭放肆起来。

她这样放松撒娇的模样，也让温庭放心不少。

“今天试了妆。”

“嗯？我有看到慕思城给我的资料，蔡导的新电影背景是民国，对吧？忽然很想看到定妆照，不知道你民国装是什么样子的。”

“就还是那个样子。”

温庭在手机屏幕上忽然笑起来的脸，让夏盈心神一荡。

美人这样毫无修饰的笑容真的好动人，然而他自己一定不知道，正是这样毫无所觉，才笑得这么美。

“会有很多亲热戏份吗？”夏盈忽然咬唇，问了这个问题。

温庭明显一愣，随即轻轻一笑：“没有很多。我还没看到全部的剧本，所以严谨点说，就我现在看到的，基本没有，你可以放心。”

他最后那句话让她脸部温度倏然升高。

“什么叫我放心？我可没那么小气。”她抗议。

他也不辩解，只对着屏幕笑，笑得夏盈很想戳他的脸颊。

“夏盈，早点睡吧，把门锁好，做个好梦。”

他温柔的声音，让夏盈收起小猫的爪子，脾气全无。

“嗯，你也早点睡。”她乖乖地回应。

挂断电话后，屏幕上温庭的笑容还深深印在夏盈的脑海里。

贺咏伦坐在黑暗的酒店房间，他的指尖夹着一支烟，没有开灯。他深鸷的视线盯着袅袅烟雾，对手机那边指示道：“她那里有我要的照片，去找她她会给你。”

“是，贺先生。”

贺咏伦挂断电话，吐出一口烟雾，整个人都有些厌倦地往后仰。

温庭，你抢不过我的。

回到江城后，两天内，慕思城就给夏盈配备了一名保镖，跟随她出行。

夏盈一边赞叹慕思城的行动力，一边也觉安全感倍增。

周五，她在离开办公室前，忽然看到桌子上有一样陌生的东西。那是一个文件袋，夏盈有些奇怪。

文件袋上写着夏盈小姐亲启。

夏盈拆开，一沓照片被她从文件袋里倒出来。

看到画面时，她怔住了。那照片上竟是温庭，画面虽没有说不雅，却都是他和一些女人坐在一起饮酒的场景。

夏盈还发觉，不止一位，这些不同的照片上，有三个不同的女人。

这些女人都穿着华丽，贵妇打扮，而照片上的温庭笑着，十分谦逊的模样，或低头聆听或倒酒，很容易让人产生不好的联想。

这冲击对夏盈来说有些大，因为这是一个她极度不熟悉的温庭。她深吸一口气，整理思绪告诫自己要镇定。

她飞快地理好照片，并把它们锁在抽屉里，想了想，拿着文件袋走出去问秘书。

“小婷，这个文件袋是你放在我桌上的？”

秘书李婷看了一下：“是的，夏小姐，这是刚才我放到你桌上的。”

“是随快件一起？”

“嗯，钱鸣送整个部门的快件带过来的。”

果然，从秘书这里得不到有效的信息。很明显，要给她看的人，是混在公司快递里一起送来的。

这显然不是从快递公司寄出的，上面没有快递号，说明查不到来自哪里。

它只是伪装成快递混在快递堆里被送到她手上。

那么，到底是谁寄给她的？

夏盈心里有太多疑惑，那份不安被笼上阴影，虽不至于像电影里那么夸张，但确实如同一只不知名的黑手在背后织罗布网，让她感到事情没那么简单。

她回到自己办公室，整理头绪。这个寄件人显然对温庭有敌意。会是谁呢？贺咏伦？

他是她怀疑名单上的第一位，贺咏伦在梦境里的另一副面孔，以及前几天在医院对她表白遭到拒绝，他有看不惯温庭的理由，这些照片明显能破坏她对温庭的印象。

可能是他，也可能不是他。

但如果不是贺咏伦，又会是谁？另外，到底是什么人可以拍下温庭这样的照片？

夏盈看照片感觉并非是现在发生的事，甚至可能在几年前。

如果是几年前，那么这个偷偷拍摄温庭的人就非常恐怖，他跟踪温庭，私摄照片，到底有多久了？

他到底要做什么？这些照片如果公布到网络上，显然对温庭的形象会是极大的打击。

夏盈下意识打了个寒噤，为什么，这个人是想要勒索吗？他拥有这些照片这么久，却可以隐忍不发，偏偏在这个时间点才把照片寄给她？

夏盈觉得这件事，她一个人应付不来。

可是该问慕思城吗？可以信任他吗？万一如果给她照片的人是他？

夏盈赶忙打住这个诡异到极点的想法，拍了下自己的面颊。

夏盈，不要慌，你现在有点失去理智了，已经神经质到谁都怀疑的地步了吗？

这时，外面传来敲门声，夏盈清了清嗓子："进来。"

慕思城走了进来，他捧着一沓文件，一丝不苟的面容一如往常。不知为什么，看到他那张严谨刻板的脸时，夏盈顿感一阵亲切，心里也松了松。

慕思城在旁边等她签文件，夏盈一边签字一边心有所动，问他："思城，我们公司艺人会有出去陪酒吃饭这种事吗？"

“陪酒吃饭？”慕思城眉宇轻皱，“夏小姐指的是哪种程度的陪酒？如果是正常应酬交际，见制作人导演的话，有些场合避免不了。”

这个答案对夏盈来说并没什么解惑作用，她轻声“哦”了一声：“我只是偶然看到一些娱乐新闻，这种始终是不太好，被拍下来的话，有没有出格行为都说不清。”

“在我们公司不允许这样的事，流光艺人部很正规，不是什么拉皮条的地方，请不要有这种不健康的想法。”

夏盈低下头默然签文件，又听到慕思城的声音：“《沧澜》的粗剪预告出来了，他们应该下星期会呈给你，但如果你想先睹为快的话……”

“我要看！”夏盈飞快地抬头，脱口而出。

慕思城微微一笑，对她说：“稍等。”

慕思城给夏盈播放了《沧澜》的一分钟粗剪预告。从画面切入念白响起的第一秒钟，夏盈便呈现一种紧绷的情绪。

她几乎目不转睛地盯着屏幕，画面绚丽，特技惊人，音效感人。她的思绪飞快地随画面而转，为俊男美女的美貌赞叹，这服化是真的好，道具亦是精巧逼真，特技公司实在牛。

然而，当一袭黑衣从天而降的温庭出现在画面时，夏盈觉得前面所有都抵不过他放大的容颜占据屏幕那一刻的惊艳。

屏幕里那个人已不是温庭，而是他所扮演的上古魔王，黑衣黑发黑色绸缎的披风，在冰水凝结的画面里缓缓走来。美得这样惊心动魄，这样牵动人心，他的眉目在妆效下显得邪魅不羁。

他启唇，嘴角微扬，笑得如此蔑视，如此王者之风。

他轻语，语声如梦如醉，就像是最勾人的唱机。

整支预告片都结束的时候，夏盈才轻轻吐一口气。

“怎么样？”慕思城笑问她，“看夏小姐的反应，应该不错。”

“太厉害了。”夏盈失语。她真的不敢相信这是一部电视剧的水准。

“华枫是新出头的特技公司，我们第一次合作，意外之喜。”慕思城也觉得满意。

“演员们都很棒。”夏盈莫名有些自豪。这部剧是他们流光影视制作出品，她已经觉得必定会有不俗的反响。

“温庭很出色。”

慕思城不吝啬夸赞，让夏盈心中更喜。

她忍不住说：“对吧，你说这白衣美男形象影剧里见多了，但我第一次见这么适合黑色的美男子。”

慕思城被她不经大脑的话逗笑。

离开公司，坐在车里，慕思城跟夏盈提点了一下下星期重要的事务，他觉得今天的夏盈很安静。跟刚才看预告片的那个她，截然不同。

“思城，你说过温庭以前很艰难对吗？”她忽然出声，让慕思城微微一怔。

“我是说，你说他以前没签流光的时候，之前在一个小经纪公司，被别人抹黑？”

“是，他确实不容易。”慕思城心有所动，若有所思地看着夏盈。

夏盈点了点头。

刚好车子驶到夏家，夏盈下车前，慕思城忍不住喊她：“夏小姐。”

夏盈回过头，看到慕思城望着她认真地说：“有什么事的话星期天你也可以找我，想知道温先生的事，你可以亲自问他，我相信，他会坦诚地跟你交流。”

第十二章 因他而爱

夏盈泡在浴缸里，泡泡浴带着薰衣草的香气，令她身心放松了不少。她捧起一小撮泡沫，怔怔地盯了会儿。

过去这段日子，她和温庭一直会有联系，倒也不是每天，而是她能接受的那种松弛有度的进展。

但因为下午收到的那沓照片，温庭对她而言，又像包裹了几层迷雾，变得有些陌生了。

她承认自己不是很能接受照片上看起来的那种情况，即便温庭有什么理由，但他以那样的面貌和那些女士相处，让她不太舒服。

她不是小孩了，自然知道这圈子里一些见不得光的事情。可是温庭，她不能把他和那些事想在一起。

她一直觉得温庭很干净，但当一个你认为干干净净的人，可能并不干净时，受到冲击的心情，没那么容易平复。

她没有看不起谁，她只是不能接受那种事情。

夏盈想着，情绪又低落下去，干脆下沉泡得更深，憋着气闷了一会儿水，直到感觉窒息才从泡沫里坐起来。

洗完澡，她打开电视坐到沙发上，这是现在每天晚上养成的习惯。她会收看一会儿娱乐新闻，虽然她真的不太感兴趣，但用慕思城的话来说，必须要了解她所从事的行业。

俊男美女的消息一条条播报着，夏盈的思绪却不太集中，直到她听到女主持清晰的语音："日前方宇明被爆出的夜总会照片，让他的粉圈大为动荡。据闻照片里方宇明抱着的那位女子，是某知名护肤品公司老板，而方宇明刚刚成为他们主推产品的代言人。

"现下网上对这名新晋小生的评价很不友好，而截至记者致电芮星集团为止，女总裁都未予以回复。方宇明的经纪公司虽挂出声明，只是合作关系，但显然缺乏信服力……"

夏盈目瞪口呆地瞧着这条新闻，虽然她不认识那个什么方宇明，但屏幕上滚动的照片很是刺眼。

这位方姓小生的照片显然比温庭的，更辣眼睛，因为他和那名女总裁举止亲密的程度，早已超过正常礼仪范围。

夏盈心烦意乱地抓抓头发，莫名对温庭有些生气。如果这会儿上新闻的是他，那些照片被公开出来，她还真不知道会变成什么样子。温庭名气更响粉丝更多，闹起来当然就更轰轰烈烈。

当她咬唇想要给温庭打电话质问的时候，电视里传来的声音让她扔掉手机，吃惊地看着屏幕："今日最新爆料，姜云经纪人在微博上放出的照片引起热议。这是一组姜云参加蔡时珍导演新作《旧时烟雨》试镜的照片，照片里可以看到姜云的民国装扮，与今日剧组放出温庭的定妆海报，造型和服装都一致。现下网传姜云是原定的男主，都已经进组却临时遭温庭截和，被赶出剧组，姜云经纪人罗哥是在借微博表达愤慨。”

夏盈被这个消息吓了一跳，她急忙打开微博，去搜索最新的相关信息。

果然，热搜爆炸了，固定在第一位。

#温庭抢姜云角色#

后面还跟随好几条相关的热搜。

#温庭仗势欺人#

#继红毯之后，温庭又一次驱逐姜云#

全都是惹人眼球又负面的劲爆热搜。

夏盈随便点开，看到网友评论，秀眉轻皱起来。

——温庭也太过分了吧，娱乐圈强盗吗？什么都要抢？

——各类营销号爆料姜云男主角前前后后都快两个月了，姜云一个月前还在微博上贴出过读原著小说的照片，结果今天官宣直接换人！欺人太甚！

——温庭背后可是流光影视。姜云那种小公司，在流光影视面前不过是私人作坊吧，人家后台厉害着呢，抢你角色又算什么？

这种整齐划一的论调让夏盈看了十分生气，她急忙去搜索电影《旧时烟雨》的官博，看看官博发声了没，一边又拿起手机给慕思城打电话。

《旧时烟雨》的官博还未有回应，姜云经纪人发出照片也不过在一小时前，看来公关还没有商议好对策。

接到夏盈电话的慕思城心里有些惊讶这次夏盈的消息竟会那么快，他以为现在夏盈还沉浸在睡眠前的小惬意，对外界发生的事一无所知。

“夏小姐，我知道你在急什么，但是这件事暂时流光不宜出面。”慕思城冷清的声音给夏盈分析。

“我知道《旧时烟雨》与流光无关，流光没有参与投资，但作为温庭的经纪公司，我们……”

“所以，一切先要交给电影的制作公司处理。”慕思城掷地有声。

夏盈无法卸下心中的担忧，她不甘心地问：“真的什么都不能做吗？作为公司，总是要维护艺人……”

她还未说完，就听到慕思城清沉的声音：“不要感情用事，这件事温庭能处理好。实际情况他们和制作方最清楚，如果有要公司帮忙的地方，秦盛自然会提。从现下网上舆论的引导来看，对方安排好了后手下场的，所以事件发展可大可小，现下不能草率行事。”

慕思城这一番话，让夏盈冷静了头脑。她轻轻点头，回应慕思城：“我知道了，我先和温庭联系一下。”

“是的，夏小姐，外面的情况我这边会跟秦盛跟进，你不必担心。”

温庭并没有马上接电话，在夏盈都快想要焦急重拨的时候，他接起了电话。

“喂。”他磁性的声音从手机里传来。

“温庭。”夏盈不由自主地喊他的名字，带着她自己都没察觉的柔软。

“你怎么样，我刚看到新闻。”夏盈急于想知道他的情况。

“没什么事，盛哥在处理，我这边刚刚下戏。”温庭的声音听起来有一点疲惫，原来他刚下戏啊。

“记者呢？有没有来堵你？”

“陆修挡住了，我现在回到酒店了。”他的声音有一点沙哑，夏盈也不知道自己为什么会心疼。

“那个姜云是怎么回事？”夏盈承认自己的口气不太好。虽然她不认识这个人，可现在提到这个名字，她就觉得有股怒意。

“我不太清楚，可能蔡导原本和他接触过。”温庭似乎叹了口气。

“那他就是在栽赃你！”夏盈很生气，“蔡导预备发声了吗？制作公司那边要怎么做？”

她咄咄逼人的口气，让温庭怔了怔，随即轻轻一笑。

“你别那么生气。”他这句话带着刚柔的语气，让夏盈的心不自觉地放松下来，被一股莫名的柔软占据，似乎再也蛮横不起来。

“就很生气啊，简直是无妄之灾好吗？找你演戏的人是他们，现下又冒出个姜云，不该他们立刻平息吗？现在网上到处败坏的是你的名誉跟口碑。”夏盈说着又生气起来。她从小是个正义心很强的女孩，尤其见不得这种被冤枉的不平之事。

“我名声不太好。”

他这句低沉的话，让夏盈的心震了震。夏盈听到他温柔低沉的声音：“其实网上关于我的评论一直不怎么好，你只要多关注一下就知道。从我出道开始，就一直有不好的声音，闹得最厉害的时候，他们甚至喊我滚出娱乐圈。”

他低低一笑，夏盈却觉得自己听出了苦涩。

“温庭……”她一时不知所措，心里又难过又委屈，这股莫名的情绪让她很难受。

“所以，你别太生气，别人要说什么我们控制不住不是吗？再者，我知道在骂我的同时，还有很多支持我真心喜欢我的粉丝，有人还在期待我的作品，那就够了。”

是要经历过怎样的谩骂才会有这种感悟呢，夏盈怔怔地想。她握着手机，觉得鼻子有点发酸，连想问的照片的事都问不出口了。

“那我真的什么都不用做？”她轻声问他。

“嗯，什么都不用。”他淡淡一笑，“夏盈。”他忽然唤她的名字。

“什么？”她心一跳。

“其实你刚才那么维护我的口吻，已经足够了。”他淡然却又坚韧清澈的声音，让夏盈一阵心动，她什么话都说不上来。

“温庭。”她轻声喊他。

“嗯。”

“以后可以跟我讲讲你以前的事吗，我全都想要知道。”夏盈情不自禁地说出心底的想法。

是的，她想要知道，他的从前，那些或许不那么愉快甚至痛苦灰暗的事情，她想要知道，想要了解他。

“好。”他轻轻地回应她。

夏盈的心安定下来。

这一刻，她相信他不会欺骗她，也不会对她有所隐瞒。

《旧时烟雨》官方很快出了一份正式的说明，说明的内容无非是证明温庭一直是制片方和导演中意的男主角第一人选，虽和姜云有过接触，但从未有正式签订过协议。所以不存在什么进组被赶，以及截和的造谣。

只是，这封声明显然不能让关注的网民满意。他们反而觉得是欲盖弥彰，而其中避重就轻的地方，更是被抓准了有猫腻，认定姜云是被抢角色赶出剧组的。

事实怎么回事，从这封声明里夏盈也看出来了。当时因为《日暮晚风晓》的缘故，温庭一直是拒绝蔡导的。所以蔡导那边大概接触了姜云，并有某些口头承诺，而后快要开拍之前，姜云也进组做准备了。但未想到后面温庭有了档期，联系了蔡导，蔡导自然欣喜温庭能够出演，因此后面的事便是一气呵成。

但姜云也因此彻底失去了男主角的位置。所以这方面，是制片公司跟蔡导和姜云之间的矛盾，现在这些问题却要扣锅到温庭身上。

夏盈气愤又难受，同时觉得里面也有自己的责任在。若不是她当时糊涂同意《日暮晚风晓》的企划。而姜云那边显然有什么把柄，所以令电影制片公司和蔡导也只能发这样一封无关痛痒的官方声明，而不敢狠狠打脸姜云，生怕他甩出什么不利的证明。

所以这场闹剧跟炒作里，唯一无辜却要承受非议谩骂的人，是温庭。

显然，他对这些事早已心知肚明，难怪刚才打电话的时候，他是那样淡然的口吻。

夏盈还是意难平，可又能怎样呢？只是这个姜云，她也绝不能放任他的水军这么放肆。

夏盈心念之下，又拨通了慕思城的手机。

夏盈和贺咏伦坐在车里，他们要去臻美剧场，在开幕仪式前最后检查一次。臻美的开幕剪彩定在这个月底，臻美剧场建成之后，入选了江城市标志性艺术建筑。

第一场表演承接的就是海外深受欢迎的Moon歌舞团全球巡演的一站。这让臻美剧场还未开张已成焦点，再加上它的设计师是大名鼎鼎的叶怀深，年轻有为的青年建筑师，拥有一票狂热的设计粉，更让臻美剧场从开工的第一天就备受期待。

夏盈安静地坐在后座，她旁边就坐着贺咏伦。今天的贺咏伦似乎很忙，从一上车就没停止过打电话。

夏盈对贺咏伦说什么没兴趣，不过她有心留意他的对话，确认都是关于流光的业务。她觉得自己有点好笑，暗想贺咏伦也不可能在她面前露出什么破绽。

贺咏伦的第三通电话引起了夏盈的注意，是因为他的语气很不好："就一个新人你还搞不定？他违反公司规定在先，解约合情合理！"

对面不知说了什么，夏盈见贺咏伦拧了下深浓的眉毛，还拽拽领带："对，男二号当然不能用他！告诉他让他滚蛋！"

这让夏盈不得不侧目看他，听起来好像是流光签约艺人的事情，不知出了什么问题。

等贺咏伦挂断电话，夏盈问他："咏伦，是流光的演员出了什么问题吗？"

"小事，一个不听话不懂规矩的新人而已。"贺咏伦口吻轻蔑，但夏盈并不喜欢他这样的语气。

"你说说看，我想听。"

贺咏伦看夏盈一眼，便说："《日暮晚风晓》已经开拍了，男主角用的是流量小生许智忻，男二号用了我们公司的新人陈曦。但是这陈曦出了问题，所以现在要换掉他跟他解约。”

“什么问题？”

贺咏伦头仰了一下，夏盈听到他低沉的声音：“最近有个上升期的小生爆出丑闻你听过没有？闹得挺大的，方宇明，被爆出他陪酒的照片。”

他的话让夏盈心沉了一下。

“喔，是吗，我没怎么听过。你说说看，这很严重？”

贺咏伦看她一眼：“现在舆论对方宇明很不利，甚至有人在刷让他滚出演艺圈。对一个小生来讲，这是很严重的丑闻。”

夏盈不出声，贺咏伦又接着说：“他又被一直跟拍的私生爆出更劲爆的照片，坐实了他这件事，他的形象应该是救不回来了。对于粉丝来说，这更像欺骗，一直经营的男神形象，一夕也崩塌了。”

“这跟我们公司的新人你说的那个……陈曦，有什么关系？”夏盈听贺咏伦这样说，总觉得心烦。

他说的话，让她想到温庭。

“因为发生了这件事，我让何经理去查了一下我们公司签约艺人的情况，看有没有这种出格的，避免以后发生丑闻影响整个公司，结果这一查还真查到了。”

“那个新人陈曦？”

“是，他居然在外面做这样的事，我们有真凭实据，完全是合理解约。”

“但是陈曦不同意解约？”

“他有什么资格？还嚷着要打官司，公司法务部的人自然会处理，也可以借他这件事宣扬一下我们公司的立场，还可以做下正面宣传。”贺咏伦完全轻蔑的口气，一点都没有把这个叫陈曦的新人放在眼里。

夏盈不禁想，这新人看来是得罪了贺咏伦，但她想要管这件事。

“我想见一下这个陈曦。”

她说出这句话，让贺咏伦惊讶地转眸看她。

贺咏伦没想到夏盈居然想管，他那一番话的确是说给夏盈听的，醉翁之意不在酒，他相信看到那些照片的夏盈，在听到陈曦的事情时，心里应该不是滋味，以她平日的性子，肯定心烦意乱离得越远越好，但她居然说要管？

他真的摸不透她现在的想法。

“这是小事，不需要你出马。”贺咏伦直觉不想她见到那个陈曦。

“思城说过，爸爸经营公司时一直提倡一家人的理念。既然是我们公司的签约演员，我还是希望把事情了解清楚，就算要对簿公堂，也尽量把影响最小化。”夏盈反驳贺咏伦，没有一丝退让的意思。

“夏盈，这不是你该管的事。如果你每件事都这样处理，会让下面做事的人一头雾水，被别人听到也会是个笑话，董事长还要处理这些？”

“我要见一下陈曦。”夏盈只对贺咏伦说了这句话。

贺咏伦抿紧唇，下颌的线条绷紧了，心里又感到不痛快。

照片对夏盈的影响他没看出来，夏盈的举动倒让他不安起来，事情又在脱离掌控的轨道上。他阴沉的视线望向窗外，再也无法维持那副风度翩翩的绅士面孔。

而夏盈，注意力根本不在他身上，当然也没注意到这一幕。

夏盈在下午见到了陈曦，陈曦敲门走进她的办公室。

夏盈看着这个年轻人。

很帅的小鲜肉，她的直观感受。剑眉星目，眼光熠熠有神采，身材也很棒，这样的条件出演《日暮晚风晓》男二号，应该亮眼。

可惜……她想了想，让陈曦坐下。

陈曦第一次见到这位年轻的董事长，在他面前是流光的最高层了，他有些捉摸不定，不明白夏盈为什么要见他。

夏盈长得很漂亮，短发，明丽的脸蛋，自带一股英气，比贺咏伦让人感觉舒服多了。

陈曦满身的抗拒跟敌意收敛了一些。

“贺总经理对我说了你的事，”夏盈看着他，“所以现在你被《日暮晚风晓》剧组除名，你很不满，还准备打官司？”

“你是怕我闹事？”陈曦皱了眉，冷笑一声，“你怕打官司闹大了，会有损流光的声誉？那看来我更要打这个官司了。”

还真是臭脾气，夏盈在心里吐槽，面上却优雅地淡淡一笑：“那倒不至于。流光这么大个公司，宣传部门和法务部门都不是摆设，你觉得你可以在媒体前占理？”

她的话让陈曦怔了一下。

夏盈可以看到他眼中露出的愤懑和凄苦，那种不甘又有些绝望的眼神，莫名触动了她。

她不觉放柔声音，问他：“你为什么要这么做？你明知道，流光不允许有这样的事，为何还要私见客户，甚至发生关系？”

陈曦抿紧唇，看了她一眼：“不然呢？我缺钱，我需要钱，公司的基本薪水根本不够我需要的数，我是新人，在《日暮晚风晓》之前也没拍过几个角色，都是龙套，更别提那少得可怜的演出费了，你给我钱吗？”

“你需要这么多钱是干什么？公司的基本薪资，应该够你每个月吃饭……”

她还未说完，就被陈曦讽刺的笑声打断：“董事长，你还真是大小姐，你知道在江城每个月房租要多少，伙食费，交通费，全部加在一起，那底薪能够用吗？如果你家里出了事，有人生病，那你就会像搜漏洞的破船，永远都填不满你需要的。”他悲苦又愤懑，“是，我是做了不道德的交易，违背公司规定，但是在接到《日暮晚风晓》之前我几乎没什么工作，我总得给自己找机会吧，我必须上戏，必须有更多角色演，我想要出名，这样才可以赚更多的钱，所以我做了那些事，我不后悔。”

“但是你这样让我们很难做。方宇明最近的事你应该看到了，贺总经理要解雇你，也是为了公司的声誉着想。”

“我知道，打官司我也打不过你们，我不过是个贫穷卑微的小人物，而流光是这样大的公司，我只是不甘心，想求他再给我一次机会，我会好好演戏，也绝不会再做出格的事情，可他连这样的机会都不给我！”

夏盈被陈曦忽然哽咽的声音弄得有些不知所措，她是真的感受到他的崩溃和绝望。可能以前父亲把她保护得太好，她从未接触过这样为生活苦恼的人，看着他的绝望和挣扎，她心里都有些难过。

“你家人生病了？”她轻声问他。

陈曦点了点头，红着眼睛快速地抹一把泪。夏盈感觉他在强忍自己的情绪。

“我爸病了，我看他疼得这么厉害，实在想让他得到好一点的护理。贺总经理说我没有尊严，”他苦笑一声，“都快活不下去了，尊严又算什么东西。”

他这句话让夏盈心底一触，眼前蓦然闪过温庭那几张让她刺目的照片。

“那如果让你继续拍《日暮晚风晓》，你就能凑到父亲的医药费？”

陈曦摇了摇头：“我问过公司，不可以绕开合约提前支付片酬，但是我想拍《日暮晚风晓》，这是一个机会，也许拍了《日暮晚风晓》我就可以接到更多的戏，拍更多的戏那我就能攒够爸爸的医药费……”

“可你现在……”

“我当然知道贺总经理的意思，我也明白，他能查到的别人也弄得到，这些事一旦以后被公开出来，我会像方宇明一样身败名裂。”

“所以你不再做这样的事了？”

陈曦苦笑了一下：“钱还是没凑够，但我也没办法了，这种事被我爸爸知道，他会打死我的，他大概宁可死都不想用这种钱。”

夏盈心里仿佛被压了一块重重的石头，让她透不过气来。

“陈曦。”她忽然叫他的名字。

陈曦木然地抬头看夏盈，她漂亮的五官，认真的眉眼，映在他的视线里。

“你爸爸现在还在医院吗？”

“在江海医院，但是明天就要被赶出来了……”陈曦点了下头，哑声道。想到因为交不出医药费，父亲明天就得回家受苦，他的眼睛又红起来。

“你爸爸的医药费，我给你补上，算是借给你的，《日暮晚风晓》的角色，我也替你保住。只是你要答应我一件事，以后不要再做这样的事，你想要找更多演出的机会，让公司来帮你找。我等会儿叫艺人部的何经理过来，让他特别留心一下。”

“夏小姐……”陈曦怔然看着她，觉得她的声音有如天籁，而他不敢相信他会这么幸运。

“我刚接手公司，也不是很熟悉这个圈子的事，但是我记得父亲说过，他希望公司宛如一个大家庭，那家人有困难的时候，能帮的忙自然要帮。你不用觉得亏欠或是特别感谢我，好好演戏，实现你的目标，这才是对你爸爸最好的。”

陈曦用力点了下头，擦掉眼泪，这个美丽的女生在他眼里的样子，他想自己会永远记住。

第十三章 『消毒』吻戏

夏盈处理完公事，在搜索框里打上“温庭滚出娱乐圈”，搜索了一下相关内容。

这一看之下触目惊心，虽已过去几年，网络却还残存着零星片段，亦是夏盈一无所知的温庭的过去。

温庭为什么被刷“滚出娱乐圈”，是因为他刚出道就演了电影，被人诟病“后台”何方神圣，并且之后又是红毯C位之争，有媒体记者爆料他团队难搞，本人“傲慢”自大，难伺候，一系列林林总总的勾勒交织，温庭便被勾画出一个“仗势欺人”的形象，所以黑粉剧增，一度惹人反感到大肆刷他“滚出娱乐圈”。

夏盈清楚不是那么回事，因为慕思城对她说过温庭在签入他们公司之前走得很辛苦，树大招风，被有心人各种泼脏水曲解。

现下看着这网络遗留下来的“痕迹”，夏盈还是感到了某种心疼和难受。

她不敢想象当时他面对这些暴力指责，是怎么扛过来的。

夏盈让秘书小婷找来了当初温庭拍摄《海岸风》的内部资

料。因这部电影是他们流光影视主投，因此公司内保存了很多珍贵的影像。

夏盈看着影像里的温庭，她觉得那时候的他比现在更鲜活生动一些，他的笑容还带有几分大男孩的调皮，她看到他跟工作人员交流意见，对他们的指导细心聆听，她喜欢他那样认真谦逊的模样。

又看到他穿着单薄的衣衫，在寒冷的冬夜浸到冰水里，上来的时候他整个人都在瑟瑟发抖，然而他没有一丝退缩跟不耐烦，导演让他重复再进他也照做了。

夏盈看温庭抓着棉衣的样子，心上某处柔软仿佛被戳了一下，让她的心脏有些不受控制地酸涩起来。

她生出一种冲动，很想那个时候在他身边，为他再多添几件厚厚的棉衣，让他不要那么冷。

夏盈合上电脑。此时夕阳落下，她的办公室被染上一层黄昏的光晕，那种落日的景致静静的，静到让她感到某种灵魂深处的动荡。

温庭……她心里默念着这个名字，这一刻，她是多么渴望能马上见到他。

温庭在自己的位置上等戏，此时的他已被化妆师装扮成翩翩的民国公子，芝兰玉树，玉山之姿。即便坐着，也让人难以移开视线。

他看着手机上夏盈刚发过来的信息，因为到晚餐时间的关系，她居然给他发了一组食物照片过来，还嘱咐他要好好吃晚饭。

温庭虽摸不着夏盈跳脱的思绪，却很喜欢她这样来“烦”他。

过去的这段日子，不知不觉中，他与她的交流加深了，他们有了更多谈话的机会。对温庭而言，这是他长久的心愿，夏盈不再避着他，而是乐意与他对话。

夏盈又发了一条消息过来，是一个小视频。他点开，结果看到居然是三年前自己拍《海岸风》，在练习一个跳跃动作时，一直摔跤的画面。

他记得，那时他总做不好这个动作，摔了一次又一次，每次还爬起来得特别快，旁边围观的一片笑声。

叮咚两声，他看到夏盈发过来的文字：“我特别喜欢你这个样子。”

她用的“喜欢”，让他微微红了脸。

虽然不知道她是不是那个意思，但这一刻心底的羞涩与甜蜜，无法言说。

温庭不知道自己的笑容被捕捉到不远处偷摄他的相机里。

方晴晴正躲在空无一人的杂物棚里，偷拍温庭。当看到他脸上那绝美的笑容时，她扭曲的脸也跟着诡异地笑了一下，笑容牵动她的法令纹，然而这让人不舒服的笑容骤然消失，换上另一副阴沉病态的妒恨表情。她喃喃道："你是在对那个女人笑吗？我不允许你这么笑，不允许！"

她"啪"的一声摔了镜头的盖子，盯着自己偷摄的照片，眯起眼，露出一个偏执又阴森的笑容："你是我的，是我一个人的。"

夏盈坐在车里，慕思城依旧像往常那样在副驾驶位置上给她报备明天的重点，同时送她回家。

"《旧时烟雨》会在下个星期开媒体见面会。届时官宣所有主演跟团队配置，姜云的事已经稳住，他公司雇佣的那些职黑已被我们处理。"

夏盈听得心气顺了点，她可不想温庭再经历一次从前的遭遇，这种事可大可小，趁早解决那些在背后搞小动作的人，才能把握风向。

慕思城又说了几句电影那边的情况，因为他发现夏盈这次好像特别留心温庭的新戏。

"等等，你刚才说谁？"夏盈皱了眉，因为听到一个她不喜欢的名字。

"郭依妮。"慕思城淡声说。

"她不是贺咏伦原先启用的《日暮晚风晓》的女主角吗？"

"《日暮晚风晓》女主角已经换人了，现在是当红小花林真真来出演。"

“贺咏伦居然又把她弄进《旧时烟雨》？”夏盈轻轻咬唇，都没注意自己不快的语气。

慕思城侧眸看她一眼，虽然他不清楚她为什么对郭依妮这个二线小花这么在意。

“思城，我后面几天是不是没什么重要的事？”

慕思城还未说话，就听到夏盈说：“我想去东临。”

慕思城讶然地挑挑眉，但不动如山是他最大的本事。

“夏小姐，你要去也不是不可以，工作这部分我可以和你远程。”他淡定地说。

“太好了！那说定了，我要去看温庭。”夏盈显然很开心。

“你要怎么去？”慕思城有一说一。

“当然是坐飞机。”夏盈瞟他一眼，用一种你是不是傻了的眼神。

慕思城清冷一笑：“你以什么身份去？被拍到了怎么办？请注意，你现在是不能见光的身份。”

“不能见光”那四个字他说得颇重，让夏盈心上一堵。

他说的是事实。

“《旧时烟雨》和流光影视可以说毫无关系，唯一相关的便是我们公司的大明星温庭。你要去，就不能被别人拍到你，否则……”

“否则我和温庭的关系就藏不住了。”夏盈接着他的话。

慕思城点点头。

“我会小心的，如果真被拍到了，就不瞒了。”夏盈这次说得很干脆。

慕思城心底更是讶异：“你不介意？你的生活可能会被扰乱一阵子，毕竟温庭已婚这个消息，怎么都会让娱乐圈动荡一阵子。”

“那还能怎么办，兵来将挡水来土掩。是事实呀。”

慕思城彻底肯定了夏盈的想法已和当初大为不同。这是好现象，他心里暗暗想。

“你要去也不是没办法，只要两边都安排好，被拍到的可能性不大。所以暂时不用为公开烦恼。”

“我没有烦恼呀。”夏盈瞅了慕思城一眼，觉得他这会儿很像个操心的老大爷。

慕思城忍着想翻白眼的冲动，心中吐槽：以前觉得麻烦的是不是你？不想公开，怕被扰乱生活的是不是你？

女人，真是善变的生物。

夏盈第二天下午就到达了东临市。秦盛安排可靠的人过来接她，装作助理的样子直接把她带到片场，准备等温庭下戏了一起坐车回酒店。

原本是让夏盈直接在车上等温庭，但因为下车的时候碰到了剧组人员，夏盈被误认作助理，而被鬼使神差地塞了一袋子饮料。

她只能抱着饮料硬着头皮往拍摄现场去。

秦盛安排的助理看到这种乌龙，应付不及，吊着一颗心紧跟夏盈，和她一起走进片场，生怕露馅。

夏盈放置好饮料站到旁边的时候那边正在拍摄，她的观看位置还很不错。

但入眼的画面让夏盈心上一揪，因为在拍吻戏。

夏盈瞪着眼，看一身修长俊朗骑马装的温庭，侧脸低下头亲吻郭依妮的情景。

他在亲别的女人，重点是那个女人还是郭依妮！

因几次梦境的缘故，夏盈对郭依妮这个女人有点“过敏”，郭依妮那张脸她已经记得非常清楚，她把对方归类为狐媚的长相。

而现在这个一身红衣窈窕勒紧的女人，居然半依偎在温庭怀里，而温庭还低下头吻她。

夏盈承认，这画面让她不开心，她一点都不喜欢。

这一刻她意识到，有一个演员丈夫，得有多大的心胸和自我开解能力。

虽然不断告知自己是演戏，又没什么，可当那两个人真的吻到一起的时候，从心底冒出的酸意仍无法抑制，夏盈觉得很辣眼睛。

她感觉自己一颗心脏跳得怦怦的，下意识地闭上眼别开脸，不想去看那边亲吻的两个人。但坚持不了一秒又飞快地睁开眼，想要看清楚他有没有吻得很深。

夏盈被自己这种怪异的心态弄得很羞耻，只能红着脸继续以一种偷窥的心态看吻戏。

她看到温庭吻得很绅士，从她的视线角度，他没有进一步动作，只是两片唇轻轻碰在一起。

很好，很含蓄，不恶心。夏盈心里不禁冒出这种评价，令她自己都很无语。夏盈，你现在就像个傻瓜一样，她忍不住想。

导演终于喊停，夏盈莫名松了口气。

可是下一刻她就开心不起来了，怎么还要换角度拍啊？

一个吻戏到底要拍几遍？

夏盈以一种麻木的心态，默念不要紧不要紧，这样众目睽睽的接吻都尴尬死了，哪会有什么感觉。

终于，这场吻戏拍完了。

看温庭要走向房车那边，夏盈立刻以比他更快的速度蹿过去。一直跟着夏盈的陆修身手敏捷，他马上掩护夏盈，两个人出乎意料配合得十分默契，让夏盈毫不起眼地上了房车。

而又被导演拉住说了几句话的温庭，回到房车上，就看到站在他面前的夏盈。

“你……”因太过意外和惊喜，他的声音都有些沙哑。

“我来了。”夏盈嘴角翘起，被他傻愣愣的样子取悦了。

温庭走近几步，很想要环抱住她，但伸出的手堪堪停在她纤细的腰畔，怕唐突了佳人。

夏盈却突然从口袋里掏出一张湿纸巾，在温庭还没反应过来的时候，踮起脚擦他的嘴巴。

她的动作一点也不粗鲁，温柔地、小心翼翼地擦拭他的嘴唇。

“你在做什么？”温庭任她为之，只能乖乖站着配合她行动。

“就给你消个毒。”夏盈咬了下唇，才心满意足地放下纸巾。

嗯，干净了。

温庭有种很微妙的心情，夏盈看着他的眼睛：“我很不喜欢郭依妮，也不喜欢她吻你，所以要擦擦。”

她坦白到让他不知道该怎么接话。

陆修在旁边瞠目结舌，一边又觉得很好玩，这位夏小姐，他们年轻的董事长，还真够乱来的。

“温庭，抱一下我。”夏盈忽然向温庭伸出胳膊。

不用她再多说什么，温庭一下搂住了这个他心心念念想要拥抱的女孩，他的妻子。

夏盈靠在温庭温暖的怀抱里，闻到他身上淡淡的香气，那是一种清冷的木叶的味道，让她想到大雨过后自然里树木的气息，她很喜欢。

还是第一次，无所顾忌地投入这个怀抱，夏盈想着，下巴蹭着温庭的胸膛，嘴角扬起，笑得很开心。

下戏后顺利地回到酒店，夏盈先在房间简单梳洗了一下，接着就听到门铃的声响。

她从猫眼里看到温庭，便开了门。

温庭穿着一套宽松的白色棉衫，戴着一顶白色的棒球帽，银边细框的眼镜，显得文质彬彬。

玉山之姿，巍峨迤逦。夏盈看到他高瘦挺拔的身材，就想到她在书上看过的形容。

这会儿她没穿鞋跟，觉得自己更矮了。

“温庭，我怀疑你谎报了身高，你是不是不止一米八五啊？因为再高很难找搭戏的女演员，所以往矮了报？”夏盈瞪着温庭问。

她不知道自己嘴巴鼓起来的样子有多可爱，温庭嘴角微扬：“你不矮，刚刚好。”

“配你吗？”夏盈让他乖乖站着，自己立到他身边比画了一下。

“嗯。”他低柔地应了一声。

夏盈心房一颤。

莫名地，她赤着脚踩到他的脚背上，踮起脚耍赖地说：“这样才刚刚好。”

他轻轻地搂住她，那双温柔明湛的眸，让夏盈沉溺其中，一时都忘了言语。

她的呼吸急促起来，感觉只要他低头，他便能亲吻上她的嘴唇，这让她一颗心鼓胀起来，快要跳出胸腔。

当温庭把她抱起放到床上时，她竟有些失望，什么都没发生，他还是那副绅士的样子。

“你肚子叫了。”他低沉轻笑的声音宛如诱哄般响在她耳边。

“咕”又一声，夏盈才发觉，她这个丢脸的肚子又在他面前发出声音了。

啊，她想钻地洞！

“走吧，我们去吃晚餐。”

“出去吗？”夏盈傻傻地问。

温庭点了点头：“陆修都安排好了。”

他向她伸出手。

夏盈会意地牵了上去，被他温暖的大掌握住时，她才发觉自己的手是那么小。

第十四章 月光下的怀抱

晚餐安排在酒店的一个隐秘包间，夏盈对温庭身边人的办事能力很满意。

很整洁的包厢，无人打扰，雅致幽静。

“不用翻看菜单？”

“未免节外生枝，陆修提前替我们点好菜了。”温庭微微一笑。

“没问题，我不是那么麻烦的人，什么都吃。”夏盈觉得很 OK。

温庭一直专注地看她，他喜欢她这份干脆和爽朗。

而他不知道自己这种专注的眼神，让夏盈一颗心怦怦跳，却要努力做出不受影响的样子。

“应该是你喜欢的。”

“哦？你知道我喜欢吃什么？”她对他的感觉已经越来越亲密，亲密到喜欢“抬杠”。

“你的口味偏清淡，但不是味道清淡，只是不喜多肉多油多荤。味道上反而喜欢偏咸偏鲜的东西，比起甜的，更喜欢吃咸味的，最讨厌淡而无味，就像喝水，可以热水可以冰水，但最讨厌温水。”

夏盈有些吃惊地看着温庭，说不清心里是什么感觉。

“你……你说得很对，我最讨厌不上不下的东西，所以不喜欢温水。”

有一个人会对自己如此了解，观察如此细微，夏盈不是笨蛋，她不会不知道这背后意味着什么。

温庭对她如此用心，她有点感动于他这份细致入心。

这餐饭吃得出乎夏盈意料的称心，她第一次发觉温庭是个健谈的人，他言语风趣，讲起事情来生动有趣。

夏盈一边享受着东临的美食，一边又有温庭适时地替她布菜拆骨，简直无比受用。

一切都自然到好像从来就该是这样的。

“这个海鲜锅好好吃。”桌上炖着一只精致小锅，夏盈喜欢它鲜美的味道，里面的食材更是她的最爱。

“这牡蛎怎么这么鲜嫩？”

“这里临海，食材都是最新鲜的，加上这家酒店的主厨是东临本地人，你现在吃的这个海鲜锅，汤底调配是东临本地几代相传的秘方。”

“原来如此，难怪我觉得味道和平时吃到的不太一样，说不出它的清香。”

温庭拿起一只勺，替她舀了一小碗热汤：“这里面放了很多药材作香引。”

夏盈接过喝了一口，不禁赞叹道：“太滋润了。”

温庭莞尔一笑，觉得她这会儿眯起眼的样子像只小猫，慵懒可爱。

“温庭，你对食物也懂那么多？”

“不多，就是拍戏的缘故，去到很多地方，每一个地方吃到什么好吃的东西，我都会记下来。”

她喜欢他温润的声音，磁性刚柔，带一丝轻黏的鼻音，宛如悠扬的老唱机，充满了故事感。

“跟我讲讲你以前的事，刚进这行的时候。”夏盈心念一动，忍不住问他。

“你真的要听吗？”温庭看着她的眼睛，他的眼神很深，有某种触及夏盈内心的东西。

“当然，我想知道。”她带着不自觉的温柔，凝视着他。

“我考上戏剧学院的那年就和家里决裂了，那一年我十七岁。”

“那以后就再也没回过家？”夏盈虽有所耳闻，但听他自己讲出来还是感到震惊。

“和你结婚，”他自嘲一笑，“时隔八年后再度回到那个家。”

“所以，你可以想象，一开始离家的状况，很窘迫，大学四年我都是边打工边念书，每一个新学年为了凑学费，都很费劲。”

“我做过很多种类的服务生，也在酒吧驻唱过，礼仪先生各种各样，基本都做过。”

“没睡过地下室吧？”夏盈有些担心地问。温庭说的那些，让她贫瘠的想象力描绘不出，不太能确定具体的状况。因为她对那种生活太陌生了。

“地下室倒没有，就是江城那种老胡同的一室房子，不带卫生间。寒暑假学校不提供住宿，而这样单间的房子最便宜。”

“没有卫生间？”夏盈不敢想象。

“嗯，也没有洗澡的地方。”温庭淡淡一笑。

夏盈出不了声，她真的无法想象那种生活，这……怎么过啊。

“那后来是不是好一点？”她心里有些着急。虽说是已经过去的事，但她希望听到的是，后面他的生活慢慢变好了。

但温庭只是淡淡一笑，没有回答她。

夏盈觉得，可能有更糟糕的事也不一定，她都有些不忍问下去了。

“你爸爸……他为什么那么讨厌你做演员？”

“我妈妈以前是个演员。”他声音低沉。

“嗯。”这一点她听温黎提过。

“她认识他的时候，是在一个舞会上。很平淡的故事，他被她的美貌吸引，但她并不爱他。”

夏盈心尖被轻轻一戳。

“但她还是嫁给了他，成为他的第三任夫人，为了救济她真爱的那个男人。”

夏盈心里“咯噔”一下，还有这样的故事，那温庭……

“我的确是他的儿子。”温庭仿佛知悉她心里的疑问。

夏盈歉意地红了脸，她有这种想法不太礼貌啊，尤其是对他妈妈。

“她没有在婚内出轨。那个男人生病了，她嫁给我爸爸，只是为了给那个男人治病。”温庭轻声说，“她是个悲惨的女人，一生都没有得到她想要的幸福。后来那个男人死了，她也郁郁而终。”

“可是你……”夏盈觉得不公平，怎么可以抛下自己的孩子？

温庭轻吐一口气：“我对她的记忆不深了，只记得小时候我就喜欢挨在她身边看各种电影，她喜欢看那些黑白的老电影，总是在她的房间里放个不停。”

夏盈心想，这是某种遗传的爱好吧，潜移默化。

“所以你该知道我爸爸为什么讨厌演员。在他知道我考上的时候，我第一次看他那么歇斯底里发疯的样子。”他诱人的唇露出嘲讽的弧度。

夏盈觉得这一定是很糟糕的记忆，令他至今想起还是那么痛。

她不想再剖那道伤口，试图转移话题：“读书的时候你就出演电影了，那时候紧张吗？”

“紧张，不仅紧张，还不断挨骂。”温庭浅浅一笑，“实际拍摄跟我们日常学习还是不一样的。尤其我全无电影拍摄的经验，不要说演技，青涩的我，连站位都被导演骂了半天。”

“看不出蔡导那么能骂人。”夏盈吐槽。蔡时珍在她印象里是一个文人的形象，一看就是那种搞文艺的类型，长得非常儒雅。

“那这一路是挨骂过来的？”她轻笑，想要让气氛开心一些。

温庭怔了怔，点点头：“确实是被骂过来的。”

夏盈想拍自己的脑袋，她好像在处处踩雷。

“不说了，吃饭吧，不然会消化不良。”温庭微微一笑，看得出夏盈懊恼自责的神色，他的手很自然地抚摸了一下她的后脑勺。

这个似安抚的动作，让夏盈扑通的小心脏几乎无力承受。

这位先生，你对于自己的撩人能力一点都不清楚吗？

用完餐后，服务生送来了应季水果。夏盈吃着提子，满嘴清甜。她看温庭在一旁优雅地擦拭手指。

他手指修长，骨节分明，很美……还很温暖。想到被他握住的那种温度，夏盈也不知自己在害羞什么。

“等下你坐旁边的 VIP 电梯，就能回到自己的房间。”

温庭对她说。

夏盈轻轻一怔：“你还要出去？”听起来他不像是要送自己回房间的样子。

“嗯，我要去附近的骑马场练习。”

“晚上？”

“和教练说好了，这个时间没有人。”温庭被她呆萌的神情逗笑。

“练习骑马？”夏盈还是有些反应不过来。

他点点头：“因为这个角色后期会有骑马打仗的戏份，我对骑马不太在行。”

“哦。”夏盈也说不上是失望还是什么，她本来还想能不能跟他一块月下散个步什么的。

想到这里，她忍不住说：“我可以跟你一块儿去吗？吃太多了，正好散步消消食。我保证不会打扰你。”她竖起手指保证。

温庭觉得她很可爱，又想自己脸上难道有表示出反对的意思吗？

他失笑，温柔的声音沁人心田：“当然可以。”

“真的不会惹事吗？”夏盈跟着温庭进入训练场的时候，还再三确认。

“没关系，让陆修打个招呼就好，教练不会乱说的。”

两人换了骑马装。夏盈看到驯马的教练给她找的是一匹枣红色的马，精神奕奕地在夜色中抖了抖脖子。夏盈轻轻地抚摸它的鬃毛。

教练见她如此便笑说：“这位小姐好像对马很了解。”

夏盈冲温庭调皮地一笑，回应教练：“我骑马比他在行。”她指着温庭，说得十足俏皮。

温庭爱极了夏盈这样活泼生动的样子，从以前到现在，她一直都好像是他心里的一道光，让他感受到这个世界的美好。

两个人做好了防护后翻身上马。

夏盈如她所说的那样，驾驭着那匹温驯的马，骑得稳稳当当。

她的姿态非常好，温庭跟在她身后，可以看到她窈窕的身姿，轻盈地骑在马上。

因为她的缘故，他很难把精神放回自己身上。

温庭轻轻“驾”了一声，不紧不慢地跟在夏盈身后，随训练场的路线骑走。

夏盈骑了两圈之后，发觉自己对教练指导温庭更感兴趣。

她便翻身下马，坐到一边的草堆上，看他们训练。

“对，这样拉着缰绳，上半身放松。”看温庭渐入佳境，夏盈开始幻想他扮演成军人的样子，一定是非常迷人的。

此时月光照在训练场上，温庭的身姿在光线下，投下一个长长的侧影。

他的影子都很好看，眉眼轮廓宛如一幅无声的画作。夏盈的视线忍不住流连在他脸上。

她想起以前还因为他长得太好看而产生过排斥心理，现在想来那份别扭的抗拒，其实是另一种意义上的在意。难怪只要有人一对她讲起温庭的事，她就会有抗拒情绪，还和父亲吵了好几次架。

夏盈忽然有些难过，那个时候为什么要和爸爸吵架呢？她不了解温庭，也没想要好好了解他。

现在，她越和他相处，就越发现他身上让她欣赏的地方。一个人对另一个人的感情是很奇妙的，她以前觉得贺咏伦很优秀，但现在和温庭对比之下，贺咏伦越来越无足轻重。她喜欢温庭身上很多东西，而这份喜欢里又掺杂着某些心疼的情绪，让她一颗心不自觉地柔软下来。

就好像他此刻的眉眼，在她眼里是那么迷人。他的气质很纯粹，所以有种干净舒服的气场，他虽长得美，但眉目间又有让人无法忽视的刚烈，这份刚与柔的并济，在他身上产生了奇妙的魅力，让人不自觉地沉溺。

她托着腮，温庭望过来朝她微微一笑。他一笑，她的脸都红了，心底是暖暖的甜。

温庭结束训练，教练跟他们打过招呼后牵着马先行离开了。夏盈开心地迎上去，蹦蹦跳跳的样子让温庭忍俊不禁。

“哎呀。”夏盈忽然轻呼。

温庭心一紧，见她弯着身子揉腿。

“抽筋了。”夏盈哼哼了一声。她三年前出过一次车祸，那一次把夏成鉴吓得不轻。她腿伤康复以后，就落下了容易抽筋的毛病。

温庭知道夏盈的这个老毛病，蹲下身替她轻轻地按揉。

“疼吗，现在能不能动？”

“还好还好，就有点麻。”夏盈试着动了下，又啧了声。

看着她那条僵直的、有点别扭的右腿，他轻轻蹙眉：“我背你吧。陆修的车停在外面，还要走一段。”

夏盈俏脸一红，但又忍不住调侃：“你背我？那是公主抱还是趴着蹲呀？”

“趴着蹲？”温庭挑眉，实在不懂她这些“外星语”。

“就我趴在你背上蹲着嘛。”在他认真的视线里，夏盈无法控制自己发烫的脸颊。

温庭轻轻一笑：“那你要哪种？”

“当然不能公主抱啦，太夸张了。”夏盈见他做出要抱的姿势，往后单腿跳了一下，像只小兔子。

温庭笑出声，在她面前蹲了下来：“那公主殿下，就请你趴着蹲吧。”

被温庭背着走的路程虽短，但这种心跳贴着另一个人后背的情况，亲密感无法言喻。她的手下意识地抱紧温庭的脖子，视线望到他赤裸的脖颈而脸颊一红。

到了酒店，温庭直接送夏盈回到她的房间。夏盈被他搀扶到床上，她动了动腿："已经好了，没关系。"

心跳得很快，明明是很正经的场面，为什么她老是要脸红心跳。

"我带了按摩药膏，在行李箱里。"夏盈道。

温庭摘下帽子，露出他那张俊美的脸，看得她心口扑通一跳，咬着唇低下头。

他这种不经意的美貌真是让人惊艳，夏盈一时感叹造物主对他的厚爱。

温庭依言去打开夏盈的行李箱。

她的行李箱很凌乱，温庭轻笑出声，都能想象她随性地把东西扔进箱子的情景。

"你还记得按摩药膏放在哪里吗？"温庭问她，轻轻翻动了一下便看到露出来的女士内衣，他有点脸红，觉得不好再随便翻找。

"就上面那个小格子里。"夏盈刚说出口，随即脑海里像电光石火一样想到什么，她"哎呀"一声惊呼，急忙从床上跳下来跑向温庭。

但是已经晚了。

温庭从小格子里不仅掏出了药膏，还有随着一起蹦跳出来的几张照片。

夏盈带着照片过来，本来是想找个机会问温庭，希望可以跟他有场推心置腹的交谈，但绝不是目前这种情况暴露出来。

一时间，她有种从未有过的慌乱，视线望着温庭，忽然很怕他露出不开心或是冷漠的神色。她怕他误会她！

夏盈意识到这个，觉得自己必须马上解释。

“温庭，那个，你别误会，这照片……”

他抬头看她：“你怎么会有这些照片？”

夏盈细看他，倒没她想象中的愠怒或是不快，只是他表情有些凝重，声音亦低沉得让人难受。

“你是在调查我的过去？”他忽然问她。

“我没有调查你！”太冤枉了，夏盈急忙否认，一双手忍不住紧紧抓住他的手。

“你相信我，我没有调查你，这些照片是别人寄给我的，但我都不知道寄的人是谁。”夏盈又焦急又委屈，都没意识到自己的眼睛红了。

她咬着唇，心里只是很怕温庭误会她。

她这副模样清晰地映在温庭眼中，他仿佛看到年少时那个不知所措的女孩子，下一刻就要抽咽着落下泪来。

他轻轻捧起夏盈的脸，柔声说：“对不起，我不该说这样的话。夏盈，我相信你，你说不是就不是。而且其实，你真要调查我，我也不是那么难以接受。毕竟这代表你想要了解我的过去，不是吗？”

“我没有。”她觉得眼睛有点发烫，为什么他的声音还那么温柔，温柔到让她觉得自己不配得到他这样的态度，“我才不做这种事，有事我也会自己问你。”

她的无心之语让他笑了，他一下抱住她：“我知道了，别哭，好不好？”

“我没有哭。”夏盈倔强地咬唇，却发觉自己的声音确实像要哭出来了。

她有点窘又觉得有些丢脸，心里却实实在在地安定下来，在他的怀抱里。

“所以，是有人匿名给你寄了这样的照片？”

“嗯，我有点担心，所以想要当面问你。”

温庭的眼睛很温柔，也很深邃，夏盈看着他：“温庭，你可以告诉我吗？”

“这些照片让你很不舒服是不是？”

夏盈诚实地点了点头：“我讨厌这样。”她一点都不想对他隐藏，“我想要听原因。”

“这大概是四年前，我在网上风评最糟糕的时候，没有戏拍，所以去见这些人，想要给自己找机会。”他声音低沉，说的话也让夏盈毫不意外，其实她也能猜到他为什么这样。

“没有更糟的了？”她咬着唇，还是认真地问了出来。

她想要知道全部，就算不能接受，也希望他不要欺瞒她。

温庭摇了摇头。

夏盈看着他的眼睛，他说：“这是我能接受的极限。夏盈，不管你相不相信，我只能做到这样。”

“我相信。”她一下紧紧地抱住他，环着他的脖子，一颗心战栗又酸楚。

“对你而言，我有很多事，你可能都无法理解，也不能接受。初入行的时候，没有那么多的机会，即便是表演专业，已经出演过电影，叫得出名字，可这些又有什么用呢？”他低诉的声音，触动人心。

“没有实力雄厚的公司，没有人脉丰富的经纪人，一切都只是空谈。我的公司很小，甚至和我一样初入行，当然什么也不是。因为有一点出头的苗头，就要被扼杀在摇篮里。市场只有那么大，何必多一个人来分一杯羹。名利场的厮杀和战场并无不同，污蔑谣言，要把一个人弄脏很容易。为了寻找机会，为了给自己找出路，低头算什么，原则又算什么？”

他苦笑，低哑温柔的语声让夏盈感到无尽的心酸。

“只是，就算再不堪，也终归要给自己设置一个底线。不能连这个底线都丢掉，这样的话，迷失了自己，也会不知道自己是要做什么。我不断地告诫自己，我的目标很明确，就是做一个成功的演员。”

“这些我都不知道，我以为你演电影，一直都很顺利，我很傻对不对？”夏盈觉得当初的自己真的像个傻瓜一样，无知而幼稚。

“之前，在电影里能够出演配角都是件很不容易的事，其实还有过很多无功而返的演出，拍了之后被剪辑掉，最后成品里连露脸的机会都没有，这样的状况碰到过两三次，还有进组被换，这在刚开始的那几年，也是常态。”

他看着她的眼睛：“最后你看到的这些写进履历的东西，是成功走到大家面前的。所以可以说我是幸运的。”他轻轻叹口气，“没必要替我难过，像我这样经历的人还有无数，这个圈子里谁都不容易。”

“那你现在实现梦想了吗？”夏盈忍不住问他。

“还没，只是在梦想的路上。”温庭的手轻轻抚摸她的脸颊，“我对你说过我很喜欢演戏，所以将来，即使你要求我退出，我也不能答应你。”

“我不会的。”夏盈摇头。觉得他说的事很天方夜谭，她怎么可能会因为自己的想法，而要求他放弃自己的事业。

温庭深邃的目光望着她：“未来还会有许多事，肯定有跟我们生活冲突的时候，也许你会受不了。”

夏盈的神色让温庭低低一笑，他的手指轻轻流连在她细嫩的面颊：“夏盈，你爸爸把你养得太好了。”

夏盈瞪他一眼：“也是你爸爸好不好。”

温庭点点头：“是的，爸爸。我们结婚后，每一次我见到他，那声爸爸都有些难以叫出口的时候，他都会像你这样纠正我，他是个很好的人，让我感受到被长辈关照的温暖。”

他说得她有些触动，但又感到难过。

“因为他把你养得这么好，所以你的世界单纯干净。”他亮晶晶的眼，里面的温柔能把人融化。

夏盈皱了下眉：“你总是把我看得像个小孩子，你也就大了我两岁而已。”

他失笑，修长的手指拂过她面颊，细腻缠绵的温度，让她的心怦怦直跳。

“因为我工作的缘故，我可能不能常常陪在你身边，以后某一天，你生病需要人照顾的时候，而我不在你身边，哪怕你只是想要喝一杯水，我都不能做到，这样是不是很讨厌？”他低沉磁性的声音，宛如迷人的老唱机在耳边低语，虽然说的都是不怎么顺耳的话。

夏盈认真地听他讲。

“嗯，还有呢？”

“甚至是，你分娩的时候，我不在，没能陪你进产房。”他醉人的黑眸凝视她。

“我是个没有你什么都不能做的人吗？还是要整天挂在你身上撒娇的人？”夏盈皱皱鼻子，忍不住反驳他。

“感冒发烧的话，就算你不在，林姨也会很好的照顾我，我想我不至于因为没有你在旁边倒杯水，就对你心生怨怼。你先别说话！”

看温庭要开口，夏盈先打断他，手指轻轻抵在他唇上："我知道你的意思，你想说不是一杯水的事对不对？人总是有孤单的时候，或是需要人陪，而这个时候肯定希望自己最爱的人在身边，你担心的是，在我需要你的时候，你可能并不能在我身边，长此以往，我会受到伤害对不对？"

他有些讶然地看着她，点了点头。第一次发现她比他以为的更成熟。

"另外，孩子那个话题，"她有些脸红，"预产期不是可以算的嘛，那你事先安排好工作不就能陪在我身边了？再说，到那个时候你少拍一部戏会怎样？又不是要你从此都不拍。"

温庭失笑，柔声说："你说得对，我原本也是那么打算的，当然要陪在你身边。"

"那还有什么问题？"夏盈瞪他一眼，"根本都是你杞人忧天想太多。"

"还有一些不可控的新闻。"他轻轻捧起她的脸，"我可以对你发誓，我绝对会对我们的婚姻忠诚，但是那些臆造的东西，是我不可控的。我需要你相信我，但又怕你会受到伤害。"

他的话让夏盈想到之前那个梦。

在梦里她对他生气，梦里的她受那些新闻的影响，他对她苦苦解释他不能控制的部分，然而她却不信，反而厌烦这些事对她生活的干扰。

夏盈不禁轻轻一激灵，她同样捧住温庭的脸，望着他的眼睛："我知道，要做到彼此信任，不是说一句就好。以后你多多向我报备，让我检查，我们慢慢地培养属于彼此的信任，这样可以吗？"

他凤眸里有光闪耀，夏盈受到蛊惑，一颗心跳得失速，在他低头吻上她的那刻彻底炸裂，仿佛在绚烂的浪花里打了个转，他的唇炙热柔软，比她能想象的都要更加美好。

第十五章 秀『恩爱』

夏盈在睡前喝了一小杯牛奶，但因为是在陌生的环境里，她预感今晚可能不会睡太好，所以她睡之前特意把脖子上戴的那块玉佩重新取下来，像在家里一样放到枕头底下。她深吸一口气，默念放松放松，不行，一只羊两只羊……

还是睡不着。

温庭，温庭……

她转而念着这个名字，想到方才那一吻，两颊的温度又不觉上升。

夏盈翻个身，手轻轻捂着自己的面颊，又在心里千回百转地念那个名字，发现似乎可以代替数羊来入睡。

她又做梦了，梦境里雾茫茫的。

她疑惑这是哪里。

这是一个她极不熟悉的地方，好冷，她忍不住打个寒噤，瑟缩了一下，这温度，该有零下了吧。

究竟是哪里？

温庭，她看到身边男人的长腿，温庭居然和她在一起！

这个认知让她感到震惊，他似乎昏迷了过去。

她试着叫醒他，他却怎么都不醒。

这里是一个冰库，她终于意识到，并且她跟温庭两个人就快要冻死了。

一阵清晰的脚步声传来。

就算在梦境里，夏盈都觉得这个脚步声很恐怖，恐怖到她浑身毛骨悚然，仿佛死神临近。

胸口如被重物所压，呼吸急促起来，却仍感到窒息。

她听到一个女人的笑声，这笑声让人毛骨悚然，很神经质的，又肆无忌惮。

她想要看清那女人的面容，却像一团模糊的雾，怎么都看不清。

“你是谁？你要干什么？”她忍着惊恐大声问。

那女人依旧在歇斯底里地笑:“你要死了，马上就要死了！我讨厌你，他有多喜欢你，我就有多恶心你！夏盈，我希望你去死！只有你死了，他才能完全属于我一个人。”

荒唐却又让人毛骨悚然的话，她觉得自己遇上了一个神精病。

“你到底是谁？温庭的恋人？如果是的话，你找错对象了。我和他一点关系都没有，也不喜欢他。”她这样对那个女人说。

“呸！”

她被那疯女人踢了一脚，对方还对她啐了一口。

她真的吓得噤声了。

“你没资格说这样的话！你和贺咏伦都不是东西，你们都对不起他，所以我替他来结束这一切，这样他就不用被你折磨了！”

她眼前蓦地一黑，头部被猛击了一棍。她最后看到的是流过自己眼睛的鲜血，红色模糊了一切。

夏盈在床上挣扎，挣扎着想要醒过来。她受不了这样恐怖的梦境，如同鬼压床一样拽着她，不让她清醒，只有窒息和无尽的黑暗笼罩着她。

她感觉自己一动也不能动，身体却好重好重，仿佛有无数块巨石压在她身上。

她耳边听到一个熟悉的声音，是温庭。

“她还没醒。”

“一切如常，体征稳定，医生说只能顺其自然等她苏醒。”

这是慕思城的声音。

听到这两个声音，她的心安定了一些。

有温暖的触感掠过她额头，谁在轻理着她额头的碎发，应该是温庭。夏盈模糊地想。

“温庭，现在情况很糟糕，无数媒体质问，大家都认定你是被她包养了。”慕思城的声音很凝重。

“这些事我还受得住。”温庭淡淡的声音，莫名让夏盈心上一痛。

“你还是不想公开吗？”

“公开的事需要她的同意，因为这不是我一个人的事。她一直反对公开，不想生活受到干扰。原本我们也打算离婚了，她有了喜欢的人，所以现在公开，对她不公平，也会影响她以后的生活。”

“那你怎么办？”慕思城声音沉重。

“这些新闻会有平息的时候，之后我会开记者会，表明态度，再讨论一阵子，温度也就自然下来了。”

“你说的这些都是为夏小姐好。是，再热闹的事到了一个峰值，热度降下来也就没人讨论了。可这些造谣抹黑造成的破坏，却可能会跟着你一辈子。你以后的事业怎么办？不要跟我说完全没影响。”

温庭的声音低沉而坚定：“思城，谢谢你的忠告。你说的这些我都已经考虑好，我不想影响她以后的生活。既然我们已经决定要分开了，就各自安好吧。这是我能给她最后的祝福。”

沉睡中的夏盈泪流了下来，然而她还是千斤压顶般被无尽的黑暗锁着，无法清醒过来。

她多想醒过来对温庭说一些话，她想告诉他不要这样，她愿意公开，她还没自私到这个地步，别把所有的事都自己扛下来。

然而她醒不过来，四肢都像被禁锢般。

慕思城离开之后，温庭在她身边坐了很久。他安静的温暖的气息，让她想要流泪。

她不知道冰库里最后是怎么了，她为什么会躺在医院，是他救了她吗？

她想对他说话，可她怎么都动不了，就像一具沉睡的尸体那样，一动不动地躺着，只能听到仪器嘀嘀嘀的声音。

“夏盈，快些醒过来好不好？”她听到他温柔的低语声。

他的手指拂过她额头，又顺着她的耳垂轻轻往下。温柔的触摸让她一颗心轻轻战栗。

然后，她听到门开的声音，以及一个男人的吼声：“你在做什么？”

是贺咏伦的声音。

温庭收回手，站起身，看着走进来的贺咏伦，他淡声说：“我只是在和她告别。”

“告别？温庭，你怎么还有脸站在她面前？如果不是你，她会被害成这样？还有，你们已经决定离婚了，不要再对她有什么过分的举动。她喜欢的人是我，我们马上就要结婚了。”

夏盈不喜欢贺咏伦这样咄咄逼人的语气，可她什么都做不了。

她又听到温庭低哑的声音：“我知道，以后我不会再出现在她面前，这一点你不必担心。”

“那么，现在请你离开。”贺咏伦说得霸道决绝，是那样理直气壮。

夏盈感受到一阵剧烈的刺激，她拼命想要醒过来，想要对贺咏伦吼回去，他凭什么这样对温庭说话。

她用尽力气挣扎，只感觉像从高空坠落般，心脏都快掉出嗓子眼，然后“嘭”的一声，仿佛撞击后落地了。

夏盈浑身汗湿地从床上醒过来，摸了一把额头上的汗。

她打开灯还能听到自己剧烈的心跳声，这个梦境不仅恐怖，还让人极度恶心。

她怎么能那么对温庭？

夏盈联想起之前的梦，仿佛都能串上了。之前的梦里她在和温庭吵架，那么后来他们关系更糟了是不是？上一个梦里温庭答应她离婚了，看来之后他们果然准备走离婚流程了。

但是，在冰库她又遭遇了什么，致使她变成植物人一样躺在医院的病床上。

还有，贺咏伦那个过分的男人，居然连温庭探望都不让。

夏盈回想起梦境里的场景，气愤得想要去踹贺咏伦一脚。

同时她也生气梦境里那个自己！

怎么能那样对温庭？瞎眼了吗？即使在梦境里温庭对她都是那般温柔深情，而她居然决定和贺咏伦在一起？

夏盈快气疯了，对梦里的自己。

她深呼吸，尝试平复自己激烈的情绪，开始感念起幸而只是一个梦。

她的喘息里仍有些颤抖，抹了一下自己额头的湿发，那不是现实里的她！

夏盈再一次确认，梦里那个她一头长发，就和前几次诡异的梦境一模一样。她越来越讨厌梦境里那个自己，因为那个自己是那么愚蠢，才招致最终从高楼坠下的结局是吗？

夏盈发现枕下的一点晶莹，那块白玉露了出来。

她伸手轻轻地握于掌心，在灯光下看这块玉，忽然想到那一日那位大师的话："长辈在守护你。"

"爸爸，是你在守护我吗？透过梦境在警示我，让我不要像梦里那个自己那样，愚蠢而失去幸福是不是？"

凌晨三点，蒙在被子里的夏盈再无睡意，不怪她，在做了这么个噩梦之后，真的很难再保持好心情继续睡觉。信息时代就是这点好，即使在被窝里，拿着个手机，都能排忧解闷，与世界相连，看到她想看的东西。

夏盈好似打开了一个新世界，温庭颁奖礼，温庭演技高光合集，温庭时尚活动。

夏盈随着标签随心所欲地看自己想看的东西，全都是关于温庭的点点滴滴。

她看到一个颁奖典礼，温庭一身黑色西服，挺拔地站在那里，说鹤立鸡群也不为过，和他同台领奖的还有其他一些演员。

夏盈在里面看到了她认识的顾睿。原本她挺喜欢顾睿的，但是如今温庭站在顾睿身边，她发现自己的目光老是被温庭吸引，只觉他一举一动都合她心意到了极点，怎么看都比别人更优秀一些。

轮到温庭发言了。

他一席话下来，夏盈眼睛里直冒星星—— 气场足又恰如其分，太镇得住场面了。

这是她没见过的温庭的另一面，却让她好像打开了宝盒，欣喜万分。

她喜欢他那些细微的小动作，好一个帅气又可爱的男人。

夏盈为自己这种类同粉丝的心情感到害羞，但忍不住点开了一个又一个视频。

介于温庭先生在今晚说的未来某些绯闻的可能，夏盈在接连看了好几个让人“神魂颠倒”的“饭制”视频之后，为清醒一下自己，于是去搜了一下他过去的绯闻。

这一搜之下很是满意，基本没什么乱七八糟的传闻，仅有的一两条都是和拍戏的女演员，但也只是片场一张照片之后全靠编的故事内容。

而最近的大多是跟她有关的，流光影视二十周年的纪念晚宴上，温庭和她共舞的照片视频，很多人都在议论。

再加上程莉那篇全篇造谣的文章，她在一些热门娱乐论坛上查找了相关帖子来看，想看看大家对他们是什么想法。

细看之下很有趣，发在温庭粉丝论坛的讨论和纯粹娱乐路人的讨论呈现两种截然不同的声音。

粉丝中抗拒和反对的声音很强烈。

这夏盈也能理解，虽然看到有些过激的言语让她心里不怎么痛快，但算了，人家是温庭的粉丝嘛。

——楼上别造谣，怎么可能，庭庭出道这么多年，一直专心事业，女人靠边站！

此处“庭庭”这个称呼，让夏盈稍微有些不适。

——程莉一直专注黑温庭，她的话基本可以反着听哈。

——跳支舞就是关系暧昧，怎么不去做编剧。

——不是我说，人家大老板也不一定看得上我们庭庭吧，门当户对一词不是乱说的，这种大小姐基本眼高于顶，找的肯定是家世相当的精英人物。

——对呀，根本就是两个世界的人。

嗯？他们怎么就成两个世界的人了？

夏盈内心小声腹诽，很遗憾，庭院们，你们猜错了，我们真的是真的。

自言自语脱口而出这句的夏盈，自己都觉得有些好笑。

——我不喜欢，还是希望庭庭不要找这样的，这种大小姐一看就很难伺候。我不想庭庭的家庭位置太低，我的庭庭应该是被他妻子崇拜爱慕的。

这位小粉丝的心声让夏盈忍俊不禁，她笑出了声，但脸颊又有点莫名发烫。咦？怎么说话呢小妹妹，为什么我就不可能爱慕崇拜温庭呢？如实回答，本小姐现在很欣赏你们庭庭。而且我一点都不难伺候。

——我也反对！首先不想庭庭成为别人的，另外这位真的不合适，我可不想他以后老出现在娱乐八卦上，全都是跟大小姐分分合合的狗血新闻。

你们还真是事业型的粉丝啊，一个个义正词严的，听起来还挺有道理。

难道就没有满意她的？夏盈有些不服气，又努力浏览那几千条的回帖。

终于给她找到一条，提到她外貌的。

——不过这位夏小姐很漂亮，配得上我们庭庭，很登对。

这句话让夏盈觉得无比舒畅。

——庭庭比她漂亮多了好吗？她顶多是个平凡的美人，但庭庭是绝色美人。

无语，如被闷声一击，夏盈一时竟不能反驳。

——唉，虽然这位夏小姐大概率不是真的，但将来他真的会成家的，会有女朋友、妻子。我永远都记得对庭庭在《落霞赋》里一见钟情的样子。残雪孤桥一身白衣翩跹手握纸伞，简直仙子下凡，怎么样的女孩才配得上他呀！

——楼上姐妹，握手，同道中人，我也是《落霞赋》入坑的，惊为天人，从此奠定了心目中古装美男一位，绝对白月光。

——庭院们，照片来了！

正当夏盈也在好奇究竟是怎样的场景时，楼下粉丝很体贴地贴上了照片。

咦，正在加载中，怎么你还加载不完了？

夏盈意识到自己的好奇心有多迫切，心里有些害臊，但还是目不转睛地盯着手机屏幕，甚至伸出被子，想让信号能好一点。

冲击就这样毫无预警地出现。

白衣胜雪，如同一幅水墨画，古桥，残雪，青灰色的屋瓦，他撑着一把素色的油纸伞，立在桥头，无法描述的完美身姿，都是这幅画上恰到好处的画眼，随风吹拂的宽袖衣袍，意境优柔。更别提那张夺人心魄的脸。

上一次震撼到夏盈的《沧澜》，她还对慕思城吹嘘过黑衣美男绝代风华。可她从不曾想，原来白衣的他，有着截然不同的清寂风情。

不敢开口高声语，唯恐惊动画中仙。

夏盈忽然明白那位粉丝所言的一见钟情是什么。

她耳边就这样响起他曾对她说过：“夏盈，我喜欢演戏。”

他就是为演戏而生，就该属于荧幕，夏盈从没这样深刻地体会到这一点。

温庭……她轻轻念着他的名字，手指拂过荧幕上那张完美无瑕的脸，目光温柔。

夏盈回到江城时已经深夜，慕思城来机场接的她。

看夏盈气色不错，慕思城淡淡一笑：“怎么样，就去那么一天，当空中飞人有趣吗？”

“有趣当然有趣，你这个单身汉怎么懂婚姻的幸福呢。”夏盈因心情好，开始嘴瓢，在慕思城听来颇有些“大言不惭”的意味。

“看来感情进展良好。”他公式化地点下头，给她一句评价。

夏盈被他说得脸一红，轻轻咳了一声，乖巧道：“我有很小心啦，应该没有被记者拍到，不会出什么乱子。”

慕思城觉得她这个样子有点可爱，嘴角微翘，却专注地开着车，不给她看见。

“慕斯……不，思城，呵。”她又叫错了，急忙掩饰地一笑。

“我不介意你喊我慕斯，不过在公众场合最好不要。”慕思城板着脸回应她。

夏盈又尴尬又想笑，她想自己和慕思城的关系比过去亲密多了，至少这位铁板先生愿意让她喊他的“昵称”了。

“我是想问问你，江城市里有没有什么有冰库的地方？”

“冰库？”慕思城有些疑惑。

“嗯，我一时也想不起来什么地方有冰库。这个说起来就复杂了，我也不知该怎么对你解释。就是慕斯，我后面说的话很认真，我希望你能记着。”

“你说。”慕思城回应夏盈。

“如果有一天我不见了，或者失去联络，而你也联系不到温庭，他很可能是跟我一起遇险了。当然你会报警，可是请你记得往冰库一类的地方寻找我们。”

慕思城沉默，夏盈也想果然自己的话显得很不可理喻。

在她绞尽脑汁想要怎么解释清楚的时候，她却听到慕思城低沉的声音：“夏小姐，我记住了，如果你失踪或是遇到危险，就往冰库一类的地方寻找你。”

“慕斯……”夏盈有些感动地看着他。

他把她的话当真了，他有认真听她说。

“我现在不知该怎么对你解释，有些事对我自己来说都很匪夷所思，但我信任的人只有温庭跟你。”

“我是你的特助，夏先生还在世的时候，也曾嘱咐过我，有一天他不在了，请我好好地照顾你。”

“慕斯……”夏盈的眼睛湿润了，“你对我够好了。爸爸去世以来，你把我照顾得很好，我也跟你学了很多东西。”

夏盈低下头，真诚的声音听起来亲切又温柔：“等回到家，我想给你看些东西。”

夏盈邀请慕思城到她的书房，把匿名寄给她的那些照片给慕思城看。

慕思城一贯波澜不惊的脸，都有些惊讶。

“你也觉得很奇怪是不是？寄照片的人绝对不怀什么好意。但我更担心的是，拍照片的是什么人，并且这都是好几年前的照片了。这个人现在还有没有跟踪温庭？他又跟踪了温庭多久？这等于在偷窥跟踪他的私生活了。”

“这件事必须要查清楚。”慕思城脸色很凝重。

夏盈点点头：“快递信封我还留着，但是上面没有什么有效的信息。这件事我最怀疑的人是贺咏伦。”

“他的确有可能。”慕思城沉吟了一下。

“思城，我有点担心温庭的安全。试想如果跟踪他偷拍他的是一个变态，这人精神上可能存有某种问题，甚至对他有种病态的爱慕，那……”夏盈想到自己那个噩梦—— 那道看不到脸的变态女声，心里的不安和纠结始终难以驱赶。

在温庭面前她掩饰着，不想让他看出来，是因为不想让温庭知道有这么一个人的存在。

但面对慕思城，她对温庭的担忧无法再隐藏。

“夏小姐，你镇定一些。”慕思城能感受到她的不安，“如果真有这么一个人，而温庭毫无察觉的话，也说明这个人还没真正入侵到他的私人领域，否则他不可能一点都感觉不到。”

闻言，夏盈安定了几分。

“我给他看了照片，他现在知道有人偷拍他了。”

慕思城点点头：“那他应该会和秦盛商量安保对策。他一直很谨慎，有人曾经偷拍过他，他现在应该会更注意了。”

夏盈觉得他的话有道理。

“这个偷拍的人，如果是贺咏伦策划的，那温先生暂时不会有什么危险。贺咏伦拍这些照片，最大的目的应该是拆散你们两个，破坏你们的关系。”

“如果真是他找的，那他心计到底有多深，我想想都可怕。”夏盈忍不住打个寒噤。在她眼里，贺咏伦是一个睿智儒雅的兄长形象，谁想到他会变成这样。

“还有一件事。”夏盈看着慕思城。

慕思城见她脸上带着可疑的红晕，实在猜不透她要讲什么。

她说：“如果我出现什么意识不清醒的情况，一定要把我和温庭的关系公开出去，别让温庭做决定。因为他一定会说等我醒了或是要我允许才可以，即便他因此遭遇危机。我现在对你说了，如果我自己无法开口，我也想要公开我跟他的关系。”

“别让别人抢走我的温庭。”夏盈红着脸又补了一句。

慕思城因她的坦率而失笑。某种程度上，夏盈的确是个奇怪的女孩，这种事都说得那么理所当然。

“我明白了，夏小姐。”他嘴角微翘，给予她保证。

第十六章 为他辩解

周一，夏盈在办公室和贺咏伦核对臻美剧场开幕前最后的流程。

她看了一遍助理交给她的文件，对一个地方提出了异议：“开幕的明星嘉宾邀请了姜云？”

姜云这个名字很“荣幸”地在前面一段时间进到了她的黑名单。

“是温黎那边的意见，据说温家二小姐温茜很喜欢他，指名让姜云来做嘉宾。姜云也确实可以，去年他刚拿了金麦电影大赏的最佳男主角，在年轻小生里也算是风头无两。”

“这个人不行。之前《旧时烟雨》卖惨炒作了那么久，手段不干净。”夏盈皱了下眉，直接否定。

贺咏伦怔了一下，从不想夏盈会在意这些细枝末节。

“你不同意他来当开幕嘉宾？”

“用他我为什么不找温庭。”夏盈说得理所当然，“无论哪方面，温庭都比他好。臻美剧场又不是温家一个人的生意，我们流光影视也注入了股份，这种场合不请自己的当家艺人，而去用姜云，外面的人会怎么说温庭。”

“但温家人不会同意，温積远绝对不会想要温庭出现。”贺咏伦反驳她，音量加大。

夏盈看了他一眼。

贺咏伦心神微定，急忙收敛神色缓和了语气：“夏盈，这件事不是当初和温黎谈的时候已经说好了吗？不让温庭参加是温家的意思，我们没必要得罪温積远。”

“笑话，温庭是我丈夫，我为什么不向着温庭而要在意温積远？”

她这话说得贺咏伦一时哑口，竟反驳不了。

夏盈看着他，清冷地说道：“把我的想法直接告诉温家。流光这边不同意用姜云，因为姜云前不久借温庭炒作了一番，手段过于卑鄙，我看不上这样的人。开幕剪彩我要请温庭，如果他们想要姜云那种质量的明星，那温庭显然比他高出许多。别自贬门面。”

贺咏伦因夏盈一席话心底有些震撼，一是被夏盈如此强硬有理有据的分析震慑到，一面又感到前所未有的危机。她似乎越来越有流光董事长的做派了，而这样的她，他一点都不喜欢。他不能接受，因为这个位置是他贺咏伦的，而夏盈，只能是他背后的女人。

他只需要她在他身后，被他宠爱被他保护，乖乖地做她的大小姐就好，而不是董事长这个位置。

贺咏伦心上复杂的情绪让他自己都有些混乱，他是爱夏盈的，但面前这个夏盈，不是他爱的女人，他甚至想要扼杀掉这样的夏盈，他想让以前那个听他话，对他依赖的夏盈回来。

“我会告诉温黎你的意思。至于同不同意，要看温家怎么回复了。”

“告诉温黎，我可以亲自跟温積远谈。”夏盈没有丝毫妥协。

贺咏伦心上一刺，眸色阴沉，拿起文件走出了董事长办公室。

夏盈没想到她会这样跟她的公公见面。不是拜见长辈，而是因为公事。

现下她坐在温積远的花园里，对面坐着那个眉目冷肃，轮廓过于硬朗的温積远。

因为和温庭是秘密结婚，所以他们连宴请跟婚礼仪式都没有办，她之前对温積远也不曾仔细观察过，印象里只是一个不易亲近的厉害人物。

现在夏盈仔细看他的模样，心想这父子俩还真的挺不像的。

看来温庭全部随了他母亲的长相，温庭的母亲必然是个大美人啊。

“温黎对我说了，你要让温庭做开幕嘉宾？”温積远的声音中气很足，莫名让夏盈想到自己的父亲，她爸爸过去也是这么精神的，心里有些黯然。

“是，对比温氏给出的姜云，我认为温庭更合适。”夏盈也不怯，直接对温積远说出自己的想法。

“温家一向不懂那个圈子。”温積远的声音带着轻视，“你若认为姜云不行，那就另外换个人，只是温庭不行。”

“为什么不行？”夏盈心里有点气笑了，觉得这个老头子固执得可以，这种偏执的劲居然用在自己儿子身上。

“温庭早些年考上戏剧学院的时候，我就已经让他选择，而他选择跟温家划清界限。我温家的工程不需要有一个不孝子在场！”

“我不懂他为什么不能追求自己的梦想，从头到尾他做错了什么。即便您讨厌演员这个行业，也不能这样一竿子打翻所有。而且，就算温家立场不同意，但温庭是我丈夫，臻美剧场还有流光的一部分投资，温庭是我们公司的招牌，我为什么要舍近求远，不能用他。”夏盈在听到“不孝子”这个词的时候，心里非常抗拒，因此语速也变快了，情绪稍微有点偏离控制。

温積远看着她，冷冷一笑：“丈夫？你们对外公开了吗？据我所知你不是一直非常讨厌这桩婚事，也从来没有叫过我一声爸爸。当初若不是成鉴再三坚持，我也不想同意这门婚事，让温庭来代表我们温家，让我难以接受。”

“可您最后还是接受了，难道这其中真的只有利益的关系？”夏盈忍不住反击这个固执的老头。

哪有这样的，因为对妻子的恨意，而把气撒在儿子身上，从头到尾他不过是遵循自己的梦想，去做了一名演员。

温稹远被夏盈说得一怔，他严厉的面孔依旧维持倨傲："下九流的戏子，说出去也是给温家丢脸！"

"我不想对您没有礼貌，但作为一个父亲，您真的很失败，而且没有尽到什么责任。温庭十七岁就离家了对吗？这之后您从来没有照料过他，您知道他在外面会遭遇什么，可您依旧选择袖手旁观。还有，他不是什么下九流，他是一个优秀的演员，如果您肯放下成见，看一看他的作品，您就能知道他有多出色和坚强。"夏盈维护温庭的话语发自肺腑，她感到心酸难过，想到那个她也不曾认识的温庭。

如果能早一点遇见他多好，她第一次有了这个念头。

温稹远冷肃地看着夏盈，这丫头倒是有胆量，这么多年了，居然有个后辈敢这样跟他讲话。

"你爱我儿子吗？"他沙哑苍老的声音，倏然抛出一个问题。

夏盈怔了怔，随即点点头，脸颊也有点发烫。

温稹远看着她的样子，心里有点满意，但嘴上又不想承认，便冷哼一声："一个小丫头懂什么爱？以后日子长着呢，他那个圈子，乱得很。"

"这个世界哪里不乱呢，但只要一个人有自己的底线跟本心，不论在哪里都是一样的。爸爸，我想这样叫您，我希望您能放下成见多了解一些温庭，他真的是个很棒的人，了解之后，您会为他自豪的。”夏盈伸出手，乖巧地握住了老人的手。

过去她喜欢这样牵着自己的爸爸，而现在，温稹远是她唯一可以称呼“爸爸”的长辈了。

温稹远虚哼一声：“随便你。”

夏盈心上一喜，露出甜美的笑容：“那就当您答应了。”

“那小子未必肯。”温稹远忍不住泼冷水。

“他一定愿意！”夏盈笑嘻嘻的，让温稹远再不能毒舌。

慕思城坐在车里等夏盈，见她从温家大宅走出来，急忙下车迎上去。他观察夏盈的神色，见她笑盈盈的，脸上没有一点受挫的样子。

慕思城心里虽疑惑，但不便在外表露，替夏盈开了车门。

夏盈坐上车，饶是慕思城，都很好奇她究竟谈得怎样。

“夏小姐，温老同意了没？”

“他同意了。”

“他没说什么难听的话？”温老是以毒舌出了名的，又跟温庭关系这么僵。

“没有呀。慕斯，怎么说话呢，我公公会对我讲难听的话吗？”夏盈对他笑得肆无忌惮。

慕思城头皮一阵发麻。

“对了，慕斯，我忽然想到有礼物送给公公。”

慕思城疑问地看她，就听到夏盈笑眯眯的声音：“《海岸风》

的收藏版 DVD，送他一份。”

慕思城哑口无言，夏盈却对自己这个决定满意到极点：“我记得特别版 DVD 是带花絮的对吗？让他看看他儿子是怎么努力工作的，我可真是个体贴的儿媳妇呢。”

对她这种王婆卖瓜自卖自夸的口吻，慕思城扶额想要失聪一阵子。

但身为一名尽职出色的助理，他十分沉稳地回答她：“好的，夏小姐。”

就像是晴天忽然下起大雨，生活中也总是充满了意外。

下午的时候，网络上一组劲爆的照片，让温庭和夏盈的名字同时挂到了热搜一位。

温庭被女总裁包养

温庭 夏盈

流光影视女董事长

这一连串的热搜，带着一串的爆字，以暴风之势迅速席卷了所有娱乐论坛。

温庭和夏盈被偷拍了。而偷拍到的照片，正是那天在练习骑马之后，温庭背夏盈的画面。

有他蹲下身，夏盈趴在他背上，怎么看都是极其亲密的关系，不可能用上司跟下属解释过去。

而照片与之前舞会的照片有异曲同工之处，就是所放出的瞬间画面，温庭看起来都一副在讨好夏盈的模样。

而夏盈又是他的 Boss，这种画面对大众的冲击很大，一开始粉丝还嘴硬地反驳说可能是在恋爱，没证据说什么包养。

但在众口纷纭里，网上舆论在往不好的方向发展，更吸引眼球的明显是匿名文章里所称的利益交换关系，即用姿色换资源。

跟着夏盈的照片一起爆出的，还有之前夏盈收到的那几张照片，温庭陪不同的女子饮酒的画面。

这下网上舆论彻底炸了，似乎一下坐实温庭出卖色相换取资源的事实。

于是各种声讨的声音，如“恶心”“让人作呕”“渣男”“肮脏”等统一论调，席卷了网络。温庭的粉丝也都蒙了。

流光影视的电话快被打爆，夏盈在第一时间知道发生了什么，她迅速浏览着网上的照片，各种匿名爆料，还有对温庭的侮辱谩骂，心如被揪着。

她马上给温庭打电话，可居然无人接听。

比起外面乱成锅的氛围，夏盈更担心的是温庭。

他怎么了，居然连电话也不接。

幸而慕思城马上替她弄清楚：“剧组在东临的梨岛拍摄，那里太偏僻，信号不好，可能是不接电话的原因，温庭他们可能还不知道网上发生了什么。剧组那边一有消息，我就通知你。”

“思城。”夏盈忽然叫他。

慕思城看着夏盈。

见她面色凝重，但神色里又有份莫名的坚定，慕思城心有所觉，问她：“夏小姐，你想好要怎么做了？”

“立刻公开我和温庭的关系。”夏盈的声音里没有一丝犹豫。

慕思城思索道：“目前的确没有更好的处理办法，现在网上的言论几乎一边倒。这背后一定有推手，在推波助澜地引导方向，但我们要查的话需要时间，可是时间拖得越久，传播对温庭造成的伤害也会越大。”

夏盈点点头：“所以马上公开。”

“你准备怎么公开？”慕思城觉得她已经有了主意。

夏盈注视他，露出一个笑容：“既然现在是热搜一位，当然是在热搜的地方解决。”

夏盈注册的微博号消息一发，立时替换掉原本的热搜第一位。

#夏盈公布和温庭结婚消息#

夏盈新注册了微博，认证就是流光影视董事长，她在微博上放了一张照片，居然是她和温庭的结婚证。

结婚证抹掉了证件号等私人信息后，能让大众清楚看到——

持证人：夏盈。

登记日期：二〇一九年六月六日。

红色背景的双人照片里，是她和温庭。

俊男美女，十足登对。

这是她的第一条微博，她配字：

是的，我被我先生“包养”了，我和温庭早已结婚。出于我自身的原因没有公开，因为不希望一举一动都在媒体关注下生活。这里对温庭的粉丝说声对不起，但请不要误会他，一切都是我的主意。

这惊人的逆转让网上言论发生变化，首先温庭的粉丝先“活”了过来，开始斥责那些以“包养”“出卖姿色”侮辱谩骂温庭的人。

随即有祝福的，当然也有抹泪的，毕竟男神突然结婚了，毫无预兆，实在接受不了。

可经过下午那阵子大规模抹黑，现下这个结局对他们来说已是最好的了，至少人家是堂堂正正的婚姻关系，而不是那些网络喷子所说的肮脏不堪。

有些“事业粉”已经高兴起来，毕竟哥哥的老婆居然是大牌影视公司的董事长，这是多大的“后台”呀。

女友粉则是一边心酸流泪，一边又含泪祝福。

路人则是震惊之后开始祝福，流光影视股份有限公司，在业内的地位不言而喻，凡是娱乐圈吃瓜群众都知道这个公司出品过的优秀作品，而现在这位年轻的女董事长居然和自己公司的一线小生结婚了，说起来也算是一桩佳话。

祝福之余又感叹娱乐圈又少了一个幻想。

但之前的职黑并没有退场，而是尖酸刻薄地挑出另一番刺头，便是温庭另外的那几张照片该怎么解释，怎么看都不是什么光彩的画面。他们刻意把脏水引向之前方宇明的事情，说温庭在跟方宇明做一样的事，只不过后来遇到女董事长动了真心，让他“从良”了。

这种说辞让温庭的粉丝冲上去为自己偶像辩护，说他们拿着照片编故事——照片上最多就是在喝酒谈话，你怎么知道不是合作关系，又没有暧昧到让人误会的举动。这年头连喝酒谈话都不行了吗？

双方一番唇枪舌剑，但都淹没在温庭已经结婚，并且妻子是流光影视女董事长这个轰动的头条里，其他的事似乎都不值一提了。

用路人的话来说，就是无论人家以前做过什么，但现在是流光董事长的丈夫。

同一时间，贺咏伦关在自己的房间里，拿着手机几乎在咆哮：“谁准你做这些事的？贱人，谁允许你私自把照片放出来？”他面孔狰狞，满脸阴鸷，风雨欲来。

电话那头却是一个阴暗的女声：“他们结婚了？他居然结婚了，你骗了我！你为什么不告诉我？啊！”她最后尖叫起来，声嘶力竭。

贺咏伦被对方这种病态的反应怔了一下，但随即满脸冷酷："方晴晴，你听好了，别再做蠢事，否则你之前以程莉的名义写的那些文章，足够告你诽谤侮辱名誉等一系列罪名，还有你的偷拍行为，也是一告一个准。你要想安生，接下来就从我眼前消失，去哪个犄角旮旯蹲着，不然你就去监狱待着！"

电话那边的人没有回应就掐断了通话，贺咏伦拧了拧眉毛，决定要派人去收拾一下方晴晴这条不听话的狗，否则她很可能再度闯祸，把他拖下水。

第十七章 冰库梦影

夏盈接到温庭的电话时网上已差不多尘埃落定，多数是在祝福他们的，也充斥着房子塌了抱头流泪的粉丝。至于那些贬低温庭说他攀高枝的言论让夏盈看了很生气，但大致的风向与先前一面倒泼脏水时大为不同了。

流光影视对外的电话从下午开始就没停过，媒体争相想要采访夏盈，了解结婚恋爱的细节。当然，夏盈一个也没有接受。这些事她必须和温庭商量过后才做决定。

慕思城向她报告着目前的进展，当听到有人称呼她“温太太”时，她还怔了怔，随即发现感觉不坏。心上某处有种莫名的喜悦，犹如一株在暗地生长的植株，散发着香气，荡漾在心房。

再次听到温庭的声音时，感觉又不一样了。

“抱歉，我刚刚从岛上回来。”

“这也要跟我道歉的吗？”夏盈笑起来，他的声音听上去有一点沙哑，却更诱人了，“温庭，你是不是嗓子不舒服？”

“嗯，这里的天气有些干，咽炎犯了。”他轻轻咳了一声，清了清嗓子。

“咽炎？”夏盈皱眉，“你带药了吗？我必须得问一声，你的身体还有哪些问题？温先生，不得不说，我实在有些不放心，先是胃病现在又咽炎。”

“都是些常见的小问题，你不要太担心。”

“身为你的妻子，我想要了解得更彻底一些。”说到“妻子”两个字的时候，夏盈轻轻咬唇，面颊有一点烫。

“没有了，就还有一点过敏，所以口罩也是我常备的，我比较容易咳嗽，换季和花粉的缘故。”他温柔的声音，十分暖心，“现在，说回正题，你把我们的关系公开了，是因为别人攻击我？”

“嗯，我不喜欢那些人乱说你。”夏盈说得理所当然，虽然她很害羞，可庆幸不是视频通话，隔着手机，他看不到她的样子。

这句话落在温庭心上，又是另一番滋味了。

“夏盈，我很开心。”他低沉的声音喑哑性感。

“你开心了也要记得给我点回应啊，不然我好像在唱独角戏。”她咬着唇，不甘心地反驳。

他笑了，轻轻回应了她一个字：“好。”让她的心也酥化了一般。

“会后悔吗？”他忽然询问。

“不会，温庭，这不是我的冲动，而是我真实的内心。”夏盈抛开羞怯，用温甜的声音告诉他，“我也很开心，我现在有一种尘埃落定的心情，还有很放心，谁也无法跟我抢你了。所以傻瓜，你明白了吗？”

她的话如忽来的天籁，令他震荡的心灵久久不能回神。

“我……”幸福让他失言。

稍后，温庭在自己的微博上回应了夏盈的那条结婚微博。他转发她的那张结婚证，只回应了一句话——“你是我荒瘠的土地上，最后的一朵玫瑰。”

粉丝和网友们都沸腾了。

——哇，好浪漫，这是用情诗回应吗？

——聂鲁达《二十首情诗与绝望的歌》，庭庭很浪漫了，他居然还读过这个。

——呜呜呜，虽然我们房子塌了，可是含泪祝福，感觉哥哥真的很爱她。

——现实里有这样的爱情吗？有的，温庭告诉你。

——生活永远比电视剧精彩，男神给我们演了一出偶像剧！

——我哭了，刚刚已经准备脱粉了，可是看他写的这句话，忽然明白她对他有多重要。

——Ls，我明白你！我也，绝了，这句诗，多年老粉，知道庭庭以前有多艰难，现在有种苦尽甘来他找到幸福的感觉，泪目，祝福哥哥。

同时，温庭也写了一封给粉丝的信，另外发了一条微博，让庭院们又感动又落泪。

致我亲爱的庭院们：

很抱歉对大家隐瞒了结婚的消息。我和妻子于去年六月结婚，介于我职业的关系，妻子她并不想暴露在媒体之下，于是隐瞒了婚讯。

我们和其他恋人并没有不同，只是普通的生活，恋爱。我很爱她，也会好好经营我们的感情和家庭。

如果让你们感到伤害或是欺骗，在这里真诚地跟大家说声对不起。也希望不要有争执和谩骂，如果我让你感到失望了，对不起，也谢谢你曾经的支持。留下的庭院也不要去责备离开的庭院们。每个人都有属于自己的生活，比我更重要的是你们自己的生活跟家人。

诚挚地对大家道歉，也感谢多年来你们的支持。

未来，会更努力更用心地用作品回报大家。

夏盈把那句玫瑰的诗句甜蜜蜜地又看了一遍，然后查看一下私信，在大多数温庭粉丝的祝福里掺杂着骂她的恶语。

她没兴趣读得太仔细，一律拉入黑名单。

她对那些祝福的私信跟微博底下的粉丝留言，倒是读得仔细了些，只觉粉丝大多都很可爱。还有让他们早生贵子的留言，让刚喝了一口水的夏盈差点喷了。

面颊的温度不可控地升温，她拍拍脸，拉动屏幕，继续一条条地往下读。

不知海的小苹果：姐姐，可以给我们多看看哥哥私下的样子吗？真的好喜欢他呀，你不要误会，不是那种喜欢，就是喜爱男神的那种憧憬，可是哥哥平时太神秘了，除了拍戏很少出来，私生活也分享得不多。

这位小苹果同学还配了张非常可爱的表情图，在诸多评论里十分亮眼，并且被粉丝点赞到了高位。

夏盈在楼层里读到许多附和的声音。

罗密欧不上班：嫂子，以后请多发哥哥的美图，他太低调了，我时常会觉得他是不是忘了登录密码。

西兰花小姐啊呀呀：小姐姐，你好漂亮哦，请多多爱我们哥哥，他真的不容易，别再让他受委屈了。

远山一只兔：复议，大 Boss 姐姐，网上黑我们哥哥的水军太多啦，您什么时候给清除一下。

长发姑娘牙牙：老板姐姐，不要私藏哥哥呀，别让他退出圈子不演戏，我是哥哥的演技粉，想看他一直演下去。

爱琴海不爱我：心酸祝福，哥哥是个特别好的人，他的心善良又柔软，每次我们那么多人围堵哥哥，他还会对我们说小心，也不嫌我们挤他烦他。姐姐，请一定要好好爱他哟！

夏盈一条条地看下去，被她们感动到，她们真心喜爱着温庭，发自内心，盼望他一切都好，无私又真诚的守护，夏盈觉得这份爱护很珍贵。

夏盈想了想，翻出手机里她和温庭登山的照片，又发了一条微博：

亲爱的庭院们，你们想看的日常。ps：你们的哥哥喜欢登山，老头子的爱好，啊哈哈！

照片放上去之后，夏盈又细细回味了一番，美滋滋地觉得这张照片拍得真棒。她活泼靓丽地对着镜头比耶，而温庭在她身后，高高的个子，虽然戴着口罩，眼睛却是笑着的，又温柔又好看。

夏盈放下手机去拿了个茶包，回来刷新了一下就被惊人的回复数量吓到了。

“啊，好赞好赞，好配！”

“哥哥去登山，哈哈哈，果然是老人家的爱好。”

“红叶山！ get，明天出发！”

“真的好帅啊，神仙哥哥，当然小姐姐也很漂亮。”

“姐姐，你真好看，嘤嘤嘤，我觉得我好像粉上你了。”

“夏天的庭院，姐姐你看，你们的名字配在一起都好有诗意，这个样子的哥哥只能在小姐姐身边看见。”

“对哦，这么温柔的大美男，仙男。”

“身高差我爱了。”

“果然是充满生活感的哥哥，神仙爱情，呜呜呜！”

“图上看起来就很互补，小姐姐是活泼型的吧，配我们很闷的哥哥正合适，哈哈哈！”

虽然她的微博下面很热闹，但这条微博，温庭并没有来凑热闹。他这样，她倒是很满意。她也没什么炒作的念头，只是想跟温庭这些可爱的粉丝分享一下。

如果温庭再来回她一句或是说什么很甜腻的情话，反倒不像他了。想到这儿，夏盈觉得自己越发喜欢温庭这种性格。

底下当然也有不堪入目的恶语，不过夏盈有看到庭院们号召把恶评刷下去，顶好的评论，同时去举报恶评。她不由得感叹，真是些好姑娘，这份自发的守护跟真心，是其他人怎么都比不过的，这就是粉丝的珍贵之处吧。

洗完澡后，夏盈又接到温庭的电话。夜已深，温庭告诉她他已经回到酒店。

“看到我发的照片了？”

“嗯，挺好。”

“我也觉得。”夏盈笑起来，她不知道自己的笑声在这个夜晚听起来格外温暖。

“有件事我忘了告诉你。”夏盈想到臻美开幕的事情，“我去见爸爸了。”

“爸爸？”他似乎愣了一下，随即哑声问，“你是说我爸爸？”

“那还能是我爸爸吗？”夏盈故意忧伤地说。

“对不起，我不是那个意思……”

“傻瓜，不是说过不要对我说对不起。”

“嗯。”他轻轻应了声。

“我对爸爸说了我想让你参加臻美剧场开幕的事，他同意了。”夏盈说出的时候还有些高兴。

“他……有没有说难听的话？”

“说了，不过也不算很难听，别低估我的承受能力。想象一下吧，平坦的大海，我心胸的宽度。”

温庭被她俏皮的语气逗笑，但谈起温积远，又不知该说什么。

“顺便我还送了他一件特别的礼物。”

“礼物？”

“对，《海岸风》的珍藏DVD，我对他说是部好电影，让他一定看看。”夏盈的语声转而温柔。

他心上仿佛被刺了一下，有种酸涩的温暖的心疼：“谢谢……”

“不许跟我说这么见外的话。”夏盈故意凶他。

“好。”他轻柔地回应道，令她的心又软又甜。他可真乖啊，很多时候她都这么觉得，忽然很想见他小时候的样子，可惜她已经记不清了，那该是个多乖多清秀的男孩呀，一定特别可爱。

嘤嘤嘤，光是想想，夏盈就经不住兴奋，好可惜。她忽然遗憾怎么就不记得少年时见过的温庭，而且连一张合照都没有。

夏盈，你没有从小慧眼识珠的本事，她自我唾弃道。

“开幕的事情盛哥那边已经在协调了，我听说月末剧组本来要转场到常山，对不对？”

“嗯，东临市的戏份要结束了。”

“那就更好安排了，常山市就在江城比邻，车程也在三小时之内，应该可以顺利地参加。”夏盈可一点都不想因为开幕的事情影响温庭的电影拍摄。

看，她已经贤惠到这份上了。

夏盈被自己内心的想法弄到脸红，轻轻咳了一声，又想起一件事：“今天爆料的照片，有人在偷拍我们，温庭，你一定要小心自己的安全，对偷拍这件事我很担心。”

她想起这个，又不免想到那个恐怖的梦。

“我知道，你放心，我会小心的。”他声音温柔，抚平了夏盈心上的不安。

“我有学过防身术。”他又补充道。

夏盈笑起来：“你还会这个？”

“嗯，因为拍摄的缘故，也学过一些武术，所以你不用担心，盛哥给我请保镖了。”

“好，那就好。”夏盈轻柔地回答他，“温庭，爸爸不在了，我只剩下你一个了，所以你一定要好好的。”

“夏盈。”他轻轻唤她的名字。

“嗯。”

“我会一直在你身边，长久地陪伴你、守护你。”

他温柔磁性的嗓音，让这句爱语如同嵌入心房一般，她的心酸胀发热，眼泪悄无声息地流下来。

她笑着擦去自己的眼泪：“我记着了，你一定要做到。”

“好。”他诚挚温柔的一个字，如同订下契约。

五天后，臻美剧场开幕。早在邀请函的时间之前媒体就已经各就各位，作为江城市新的艺术地标建筑，臻美剧场从承建初期就一直备受关注。

当天除了媒体、嘉宾，还邀请了很多参与开幕式抽奖的年轻人来现场观看。

开幕仪式有条不紊地进行，著名的建筑师叶怀深登场的时候，引起了现场的小高潮。

叶怀深不仅专业能力过硬，本人也长着一张花美男的脸，因此拥有不少粉丝。

叶怀深自信侃侃地讲述他的设计灵感和剧场建造过程，风趣的谈吐让观众们频频鼓掌失笑。

夏盈在后台一边驻足聆听，一边留意着身后的动静。慕思城刚通知过她，温庭已经到达停车场，马上就能与她会合。

在她一颗心不知是紧张还是欣喜里，她看到了她在意的那个人一步步地朝她走近。

日光就像在他身上打了一层柔光，闪耀的光点里他的样子模糊又清晰。

俊美的面庞是那般熠熠生辉，他看到她，对她笑起来。

她好喜欢他的笑容。他的笑容是那么具有感染力，炫白的牙齿让她的心也跟着轻盈起来，就好像一切都变得无比美好。

他穿着一身白色的西服，温润挺拔，是那样修长翩翩的姿态。他举手投足间优雅而大气，宛如在拍高级时尚大片，她暗想。

他的腿好长，长到夏盈晃眼，傻傻地看着那两条大长腿迈步的动作，一颗心蹦得越发厉害。

他终于走到她面前：“我来了。”声音也是如此醉人。

夏盈在一种近乎迷离的心境里自然而然地把手伸向温庭，温庭会意地偏过胳膊让她挽住。

她轻轻一笑：“马上就要上场了，紧张吗？”

他摇摇头。

“这是我们第一次以夫妇身份出现在大众面前呢，我可是很紧张。”她俏皮地吐吐舌头。

他的一只手轻轻握住她的手，掌心温暖而干燥。

夏盈觉得自己一颗心仿佛瞬间就安稳下来。

“不用紧张，你的样子很完美，温太太。”他嘴角轻扬。

最后那声温太太几乎让她心花怒放，却又满面通红。

“下面我们有请流光影视董事长夫妇，夏盈小姐和她先生，我们流光的大明星温庭登场！”

主持人在前台铿锵有力的声音，以及现场爆发的掌声和粉丝的尖叫已经把气氛烘托到最高。

“你粉丝真多。”夏盈有点吃味地看一眼温庭，她都可以听到外面小姑娘的叫声了，简直疯狂。

温庭轻轻一笑，配合她的脚步与她一起走向前台。

站在中心的时候，夏盈第一次真实地感受到温庭厉害的人气，尖叫声此起彼伏。夏盈偷眼看过去，还看到激动到流泪的女孩，捂着嘴一脸痴狂地看着温庭。粉丝各种热切的表情，让夏盈心有震动。

夏盈在主持人的牵引下，先讲了一番公关发言。记者们的闪光灯不停地闪烁着，夏盈只有一个感觉，自己的眼睛快被闪瞎了。

之后温庭也在主持人的问询下做简短的发言，他磁性诱人的嗓音，在话筒的助力下似乎更加迷人了，夏盈又再度瞧见粉丝们雀跃的画面。

仿佛只要他说什么，她们都能像过节一样开心。

夏盈自省内心，既觉得她们很可爱，但又好像有点吃味。毕竟她们如此肆无忌惮直勾勾看着的是她的丈夫呀。

“温庭先生可以讲一下和夏董事长的恋爱细节吗？自从你们出人意料地公布结婚消息之后，大家都很好奇。”记者们不放过任何一个机会，想要更加深入地报道这对最近娱乐圈最受瞩目的夫妻。

“你们在一年前就已经结婚，最初是怎么认识的？是因为签约流光影视的缘故认识的？”

过去数天，温庭和夏盈这边都采取了回避采访的架势，因此今天这次公开露面，媒体展开了狂轰滥炸的功力。

温庭淡淡一笑，刚想要说话，夏盈却抢先一步，拿着话筒道：“各位，我知道你们都很好奇，但其实就和大家谈恋爱结婚一样，我们也是一对普通的恋人，普通的相恋普通的结婚。当然了，我承认的确有外貌的因素。”她说到这里，俏皮地看了眼温庭，两人相视而笑，而温庭温柔深爱的眼神，被记者的镜头清晰地捕捉下来。

夏盈的话让现场的众人也跟着笑起来，夏盈把握好气氛，甜美的声音再度响起：

“今天的重点是臻美剧场，还请媒体的各位大哥大姐手下留情，替我们多多宣传。”

她给慕思城一个眼神，慕思城便会意地让礼仪小姐们捧着剪彩的工具上台。

之后，几位股东和代表也分别上台，站成了一长排准备剪彩。

温黎和夏盈分站在最中心，当彩缎剪落的时候，欢呼声到达最高分贝。

开幕仪式结束，慕思城去进行后续的招待事宜。

招待会安排在恒星酒店进行，所以当众人离去后，偌大的臻美剧场一下有种空空荡荡的感觉。

“停车场情况怎么样？”夏盈见温庭挂断手机，便问他。

“陆修让粉丝们回去了。”

“那等下你自己开车？”

温庭点点头：“我让他也先回去了，我开车载你。”

夏盈嘴角翘起：“我要开车！”

“蜗牛的速度。”他轻轻一笑。

夏盈闻言瞪他，就听他温柔地说：“好吧，随你，我的慢吞吞小姐。”

夏盈这才觉得满意，晃着他一条手臂，脑袋很自然地靠过去：“这会儿静静的，真好。”

“大家都走了吗？”

“嗯，股东和媒体思城都带走了，招待会温黎会主持的。”夏盈吐口气，觉得不需要应付这些事真开心。

“我以为今天就会开始营业？”温庭环顾空荡荡的剧场

大厅。

“还没有，正式营业是下周一开始，下周一晚上有Moon歌舞团的演出，全球巡演江城站！”她的声音里有一点自豪。

“你促成这次演出是不是很辛苦？”温庭摸摸她的脸蛋。

“是哦，你不知道光是伦敦就飞了好几次，他们的演出总监好严格，对剧场要求好多。”夏盈含糊着声音吐槽，像只慵懒的小猫在温庭怀里眯了眼。

温庭的手抚过她清爽的短发：“我很中意那个玻璃咖啡厅。”

夏盈有种碰到同道的眼光看他：“对吧，很美，全都是玻璃的透明感，像童话里的玻璃房子。”

“可惜今天不营业。”温庭微微一笑。

“等下，我们去看看工作人员走了没。刚才开幕的时候，咖啡厅是提供服务的。”夏盈牵着温庭的手，忽然很想和他一起坐在那间透明的充满阳光的咖啡厅里喝杯下午茶。

当看到里面依旧有两名员工的时候，夏盈笑起来：“看来我们很幸运。温先生，走吧，请你的温太太喝杯咖啡。”

咖啡厅工作人员看到夏盈，迎了过来：“夏小姐。”

夏盈点点头：“你们还没下班吧？”

那男侍者微微一笑：“盘点之后准备下班了，不过夏小姐想要喝一杯咖啡的话，随时奉陪。”

真会说话，夏盈笑着点点头，便拉着温庭坐下来。

侍者给奉上菜单，夏盈并没有细看，对他说：“就弄两杯简单的咖啡就好，我们喝完就走了，不能再赖着不让你们下班呀。”

男侍者微笑点头。

夏盈看这精神小伙捧着菜单离开，不由得说了句：“还蛮帅的。”

温庭轻咳一声：“温太太，我就坐在你面前，你的视线能不能多分一点给你先生？”

夏盈俏皮地嗔他一眼，便双手托腮肆无忌惮盯着他瞧。

温庭被她火辣辣的视线盯得有点不自在。

“嗯，姿色还行，本小姐暂时看不厌。”夏盈甜美的声音说着逗他的言语，意料之中看他害羞的样子，可爱得心都要化了，他怎么脸皮这么薄呀。

咖啡很快端上来，夏盈先轻轻嗅了一下味道：“嗯，很香，慕思城对我说过店里供应的是咖啡豆现磨的咖啡。”

温庭喝了一口。

夏盈看他皱了下眉，便笑道：“你其实不喜欢喝咖啡吧。”

温庭被识破，坦然承认：“我不喜欢苦的东西，一切味道苦的食物，总觉得很难入口。”

“我和你相反，从读书时我就是咖啡上瘾者，特别是期末交报告的时候，那时候没咖啡简直不能活。”夏盈想到从前念书的日子，有点怀念，“那你拍戏的话，如果工作到很晚用什么提神，或者说有时候很早上工，也需要提神呀。”

夏盈觉得她对温庭不了解的地方还有太多，但不着急，她慢慢留了心，每解开一个关于他的小秘密，都像是拆开一份惊喜的礼物。

“我喝茶。”他想了想说，“可能因为不喝咖啡的缘故，我对咖啡因之类的东西很敏感，只要一点就能精神得睡不着。”

“你这个体质也蛮特别的。”夏盈调皮地眨眨眼。她发觉自己喜欢上了和温庭这样闲聊的时光，可能因为他看她的眼神太过温柔，总能感受到那种被包容的欢喜，让她有种放松下来肆无忌惮的亲密。这种感觉，之前只有和父亲相处的时候才有，但现在多了一个温庭。令她觉得自己不再孤单。

阳光充斥在玻璃房子，因为冷气的缘故，清凉无汗。夏盈与温庭时时凝视，沉浸在这种眉来眼去的小乐趣里，无声的甜蜜在心房散开，当她想用手去碰触温庭的手时，忽然有股浓重的困意袭来，眼皮渐渐耷拉下来。

她觉得不对劲，对面的温庭却已“扑通”一声趴在桌上。

夏盈心中警铃大作，但抵不过药力，眼前一黑，她也跟着趴在桌上失去了意识。

第十八章 爱的本能

再度醒来时，夏盈第一个感觉就是冷，好冷好冷。

这一哆嗦之下人清醒过来，她立刻发现自己目前的情况，手跟脚都被绳索捆起来，而她身边的温庭，还在昏迷中。

“温庭。”她试着叫他，心中不免焦急担忧，害怕他有什么事。

温庭依旧一动不动地躺在那里，没有醒转。

夏盈心底焦急，俯下身拼命地用身体靠近温庭，想要试探一下他的呼吸。当感到他温热的呼吸拂过自己面庞时，她慌乱的心才稍稍安定了一些。

夏盈环顾四周，梦里的情景跳脱出她脑海，可怕的现实与梦境交织出诡异感，她身处冰库，难道那个噩梦要发生了？可前几次她做过的梦，最后都以不同的走向避开了。为何这个她最恐惧的梦，却如此清晰地呈现在她面前？

她心神震动，思绪如乱麻，应该是咖啡的缘故，他们被人下药了。从温庭的状况看，他杯里的药量明显比她更重，否则他不会仍是毫无知觉的昏迷状态。

周围的冷气让她陷入某种恐怖的阴影里。因为她见识过那个梦境，所以对即将要发生的事，她无比担忧。

夏盈的嘴唇有些颤抖，牙齿和舌头也因为寒冷而磕碰到一起，她不知道她这无法抑制的颤抖，到底是因为冷还是因为恐惧。

夏盈下意识地向温庭依偎过去，仿佛靠着他就能够抵御一些寒冷。

靠到他温暖的身子，她的心才镇定一点。

臻美剧场的设计里并没有冰库，夏盈思索自己之前看过的设计图，而且因为梦的缘故，她也和慕思城查找过江城市里有大型冰库的地方。

思绪仿佛慢慢地活络起来，下药的人同时把他们两个迷晕，要把两个人移动到这里又不被人发现，最有可能的是他们仍在臻美剧场。得出这个分析让她脑海中灵光一闪，想到了什么。

她确定叶怀深的设计图里并没有冰库，但她想到剧场改造前身是大型连锁卖场，那就的确存在冰库的可能，并且很有可能是地下的。

想到这里，夏盈连带想到慕思城，心里产生一个强烈的意念，希望慕思城能够意识到这一点，从而找到他们。

她试着动了动身子，查看手机是否还在自己身上，果然手机不见了。

她又去检查温庭，甚至不惜用脸碰触温庭的身子，虽然狼狈但想找找看他的手机是否还在。

有脚步声响起，清晰地由远而近。

当脚步声响起的时候，又与她的噩梦连接到一起，从毛孔深处散发出的寒意，让夏盈忍不住打了个冷战。

夏盈终于看清了那个女人的脸。她见过她，但是不记得她叫什么。夏盈在思绪中努力地回想这个人是谁。

当这女人笑起来的时候，夏盈终于想起来她是谁。

对方是温庭那个剧组的摄影师助理，之所以会记住她，是因为这个女人的笑容令人印象深刻。她那法令纹皱起来的笑容，之前就让人觉得不舒服。

这女人，就是梦里那个变态？是她，一直跟踪偷拍温庭？

夏盈抽了口冷气，看了看依旧没有意识的温庭，她的危机感很强烈。

方晴晴居高临下看温庭的眼神，让夏盈作呕又毛骨悚然。

方晴晴伸出一只手，俯下身来，居然就这样抚摸上温庭的面颊，夏盈立刻身子横过来猛地将她撞开，几乎是本能的维护动作。

但这举动，显然惹怒了方晴晴。

“贱人！”方晴晴恶毒的眼神盯着夏盈。

这眼神夏盈觉得自己能记很久，就像一条毒蛇，有愤怒有嫉妒。

“你就是那个一直在偷拍他的人。”夏盈厉声质问，也顾不得是梦境还是真实。

方晴晴恶毒阴森的眼神令夏盈倒抽一口冷气，随即她痴迷地望向温庭：“你好乖，这样静静地睡着，知不知道这个样子也很迷人，就像一件完美的雕塑品，而我想要拥有你的一切。”

方晴晴的表情配合着她那副尊荣，实在很难不让夏盈恶心。

方晴晴的脸呈现一种病态的扭曲，因兴奋而加深的法令纹，更加深了这张脸的丑陋。

手不能动，看着这个疯女人对温庭动手动脚，夏盈想咬人了，可惜她没咬到便让方晴晴轻易地推倒了。

方晴晴恶狠狠地踢了夏盈一脚。

四肢被绑束的夏盈，就犹如一个呆笨的木偶，毫无办法，也顾不得痛，又气又急。

“贱人，我先解决了你，再带走我的庭庭。”

“你这个疯子，离他远点。什么你的庭庭。我警告你！有人知道我们在这里，我的特助慕思城已经报警了，他马上就会找到我们！你最好快放了我们，不然就等着下辈子吃牢饭吧！”夏盈有种气疯的感觉，这个变态的女人，居然敢打温庭的主意。

眼前寒芒一闪，方晴晴居然掏出一把匕首。

夏盈看着她手持匕首，一点一点走近自己，心里升起一点惧怕但被压抑在滔滔怒火之下。

“贱女人，你觉得你这张脸很美吗？你不配站在我的庭庭身边，更不配拥有他。”方晴晴阴阴地笑，反手一巴掌狠狠抽到夏盈脸上。

夏盈的嘴角沁出血来，嘴角却勾起冷笑：“你不过是一个疯子，也不看看你的样子，你以为我死了，你就能得到温庭？”

她的话显然让方晴晴受到刺激，方晴晴恶狠狠地道：“你懂什么？”

“不懂的人是你，我是他妻子，是他爱的人，说得够明白了吗？而你，只是一个变态的偷窥者。”夏盈无所畏惧地冷冷瞅她。

方晴晴狂叫一声，受了莫大的刺激，对着夏盈的脸就想要狠狠划下去。

夏盈找准机会，一头向方晴晴的膝盖撞过去，想要把她撞倒。

然而她失败了，方晴晴向后跳了一步，阴毒地笑起来，忽然揪起她的头发：“贱女人，你以为我不知道你想做什么？刺激我，现在我就来划花你的脸，看你以后还拿什么勾引他。”

“你才是贱女人！”夏盈怒吼一声，使劲想要挣脱束缚。

闪着寒芒的利刃直直地落下来，夏盈下意识地闭上眼，心里一片空白。然而疼痛未至，身子被一股力量压倒，随即听到方晴晴一声惊呼。

是温庭，他挡在夏盈身前。

夏盈触目所及，看见从他侧脸流溢下来的鲜血。

他不知何时醒了，方晴晴那一刀竟割在了他脸上。

“温庭！”撕心裂肺的疼痛在夏盈心底骤然爆发，她完全忘了害怕，只焦心他的状况。

怎么办，她的温庭受伤了，还是伤在脸上，他的脸上都是血，他的眼睛有没有被划伤，有没有受影响？

她六神无主魂飞魄散几乎不能思索。

“你……你居然为了这个贱女人……”方晴晴声音嘶哑，已到了崩溃边缘。

方晴晴用力去推开挡在夏盈身前的温庭，然而温庭如同磐石一样，用他整个身子罩着夏盈，无论她怎样拖他拉扯他，他都不曾离开夏盈分毫。

方晴晴受到莫大的刺激，忽然用脚狠狠踹起温庭来，在夏盈看来完全是疯了的拳打脚踢。

“住手！快住手，你这个疯女人！”夏盈尖声喊叫，受不了自己所爱的人为了维护她被这样殴打。

温庭的身子仍处于半麻状态，几乎不能动弹，但他死死地护住夏盈，心里只有一个念头，不想她受到一点伤害。

夏盈看到温庭身上殷红的鲜血，仿佛雪地的梅花那样飞溅到她脸上，她尖叫地哭出声来。她只想要温庭让开，有什么都冲着她来，那样极致的痛苦和无助几乎将灵魂撕裂。

当锋利的匕首朝温庭扎进去的时候，夏盈失声尖叫，心弦都似乎断了，眼前蓦然一黑，昏厥过去。

温庭一时觉得浑身很热，仿佛在火上烤，一时又很冷，冷得让人哆嗦。他眼皮沉重，想要从这种混沌中清醒过来，但就像有什么巨石压着他，令他喘不过气来。

他好像看到了母亲，她站在光点里，他想向她跑过去，但身后似乎有个声音在叫他。

谁在叫他？

是夏盈的声音，夏盈在叫他。

他挣扎了一下，拼命地想要回应夏盈。

笨重的身体如同从空中坠落，在猛地挣扎后，他能睁开眼睛了，触目所及是白色的天花板，随即听到那熟悉又甜美的声音：“温庭，你醒了。”

夏盈紧紧地握着他的手，放在自己脸庞上。她又哭又笑，他能感觉到是因为她面颊上的泪痕湿了他的手背，而她的声音却是喜悦的。

温庭渐渐清醒。

“夏盈……”他喊她的名字，也被自己沙哑得不成样子的声音吓了一跳。

然后他感觉到脸上的异样，原来是包了绷带啊。他下意识地伸手，想要去触摸一下。

夏盈牵住他的手：“别乱摸，医生给你包扎好了。”

“我们……”他试图弄清现在的状况。

“我们在医院，安全了，温庭。思城及时找到我们，那个方晴晴已经被警察抓起来。”

温庭试着动了下身子，才发觉胸腹之间有股剧烈的疼痛，他轻轻“嘶”了一声。

“你被捅伤了。”夏盈急忙轻轻按住他要动弹的身子，温声说，“暂时别动，伤口有点深，但医生已经替你进行过手术，会好起来的。”她的尾音已经带了哭腔。

“别哭。”温庭向她伸过手，舍不得她难过。

“嗯。”她轻轻应了声，破涕为笑，擦了下眼泪，俯身过去将头轻轻贴靠着他。

她的秀发拂过颈间，他的心才有种安定的感觉：“你有没有伤到哪里？”

夏盈摇了摇头，咬着唇：“你都替我受了，我没有一点受伤的地方。你就像堵墙那样挡在我前面，连昏迷了都掰不开，这是慕斯说的。”

她的声音动情又沙哑，像个孩子那样娇软：“温庭，我好喜欢你，好喜欢好喜欢你。”

最纯粹的爱语被她说得如此动人，令他一颗心柔软又战栗。

他想要抚摸一下她的头发，但有心无力。他的一只手插着输液针，一只手被她轻轻按着。

“谢谢你这样保护我。”夏盈贴着他的喉结，嘴唇不受控制地触碰了一下，亲吻他。

温庭战栗了一下，为她这样亲密的举止。

“你的眼睛没事，不过脸被划伤了，医生说看恢复的情况，一般如果不是疤痕体质，就不会留疤。”她忽然有点担忧，“要是留疤了，你还演戏吗？”

他安慰她：“演啊，演不了主角的话，就演配角。”

“哼，我会捧你演主角，谁敢嫌弃你。别忘了你的太太我是影视公司的大老板。”

她全然维护的口吻，让他一颗心又烫又柔软。

“那我让你赔钱了怎么办？”他哑声问。

“破产也一起。”她干脆地说。

温庭笑起来，虽然才笑了一下伤口处就感到剧烈的疼痛，虽是痛的，心却是欢喜与幸福。

入夜，夏盈爬到床上与温庭躺在一起，她悄声说：“还好我瘦。”红着脸小傲娇的语气让温庭微微一笑。

“你可以再躺过来一些，以防半夜摔下去。”他很绅士地提醒。

“我睡相没那么差好不好，而且我怕压到你的伤口。”

“没关系，可以再靠过来一些。”他轻沉又温柔的语声，实在是最好的睡眠调剂。

“温庭，你怎么那么傻，你保护我的时候都没想过自己可能会丢掉性命吗？”她靠在他身畔，手指轻轻抚过他胸膛。

“就本能反应吧。”

夏盈的心如被重重撞了一下，她拥着温庭蹭了蹭：“傻瓜。”声音里已有些哽咽。

“等你出院以后一定要给你请个可靠的保镖时刻不离身了，人家都说红颜祸水，你也差不多了，万一再引到什么变态觊觎就不好了。”

她的话让温庭哭笑不得，一时无言反驳。他想到一件事，哑声问夏盈：“我可以问你一个问题吗？”

夏盈理所当然地点点头，一根一根数他修长的手指，似乎觉得很好玩。

“从什么时候喜欢上我？”

他低沉性感的声音拂过她颈间，带起一阵战栗，连毛孔都被酥到。

夏盈的脸发烫起来，不敢看温庭的眼睛：“也许从你帮我剥饭团开始吧。”她清甜的声音，仿佛浸润到他心上。

“嗯。”他轻轻应了一声。

“你一定要问让我这么脸红的问题吗？”她轻哼，语气有些像张牙舞爪的小老虎，虽气势足，却毫无威胁力。

“因为我想知道。”他坦然地回答。

“首先当然是最喜欢你的脸啦，那么好看的一张脸，谁会不喜欢呢。”她用调侃俏皮的语气逗他。

“除了脸呢？”果然，他很执着。

夏盈心里笑出声，声音却变得柔情似水：“就慢慢了解，越了解之后越喜欢。喜欢你的坚定，有一颗温暖的心，感觉跟你在一起，所有事物都变得明亮美好起来，我喜欢这种感觉。”

温庭觉得这是他听过的最美的情话，出自他深爱的人，是多么的叫人喜悦跟珍惜。

一颗波动的心，仿佛被打落进无比柔软的蓬羽里，被她温柔的手托着，那么温暖而喜悦。

“我有礼物送你。”

温庭还未从这份温柔的喜悦里回过神，就看到夏盈将一块光洁的玉佩摆在他面前。

“原本是想等你生日的时候再送的，但我觉得现在就给你更好。老人们都说玉石有灵，能保护携带的人，虽然是美好的愿景，但我愿意相信这个，就像护身符一样，跟我的玉佩也很登对。你看，像不像天生一对？”她说着把自己脖间的红绳拉出来。

“的确很像。”他有些不可思议，很奇妙的感觉，两块玉佩摆在一起有种无比和谐的气场，温暖安静，他喜欢这种感觉。

“我可是特意给你选的，情侣佩。”夏盈甜美地笑起来。

温庭轻轻握住她给的玉佩：“我很喜欢这份礼物。”他温柔深情的眼波，让她感觉像喝了小酒一样有种微醺迷醉的荡漾。

夏盈又做梦了，她梦到了爸爸在车里痛苦挣扎。

这是怎么回事？这是爸爸……去世前的情景吗？

夏成鉴心脏病发，神情痛苦，他快要不能呼吸了，气息急促面容发紫。

快来个人把药给他啊！

夏盈都快急哭了，“爸爸，爸爸”地喊，可惜夏成鉴一点都听不到她的声音。

然后，她陡然看到了贺咏伦。

贺咏伦面孔扭曲而阴森，宛如张开獠牙的野兽，让夏盈看得作呕又害怕。

他为什么是这种表情？

可她的注意力还是回到父亲身上，药应该在他口袋里的。

果然，她看到夏成鉴终于掏出了药，然而他的手因为抖得太厉害，药瓶从手中滑落了。

他和贺咏伦都在车里，车子因为发生事故侧翻了，急救人员还没出现，他们都被困在车里。

夏成鉴艰难地朝贺咏伦伸手：“咏……咏伦……”他哑声喊着，想让贺咏伦帮他把药捡回来。他需要这个，这是他的救命药。

然而，夏盈看到了令她失控又抓狂到极点的一幕！

贺咏伦竟一手抓起药瓶狠狠地从车窗里扔出去，很快，那小小的药瓶丢入附近荒凉的草丛里，再也不知所终。

他是杀人犯！

是他杀了爸爸！

夏盈眼睛都气红了，想要冲过去拽住贺咏伦，他怎么敢这么做？

“夏成鉴，你安心去死吧。我会替你好好照顾夏盈的，不要怪我，是你太绝！你明知道我喜欢夏盈那么多年了，还无视我的心意，把她嫁给温庭！糟蹋我的真心！我恨你！我恨你！”

“你……你这个……”夏成鉴还未骂出口的话成为诀别之语，他的心脏超负荷到临界，整个人再无一点声息。

贺咏伦看着他再也不动弹的身体，眼里也有过内疚挣扎恐惧，但最后都变到冷酷决绝。他冷冷地看着夏成鉴：“是你把我逼成这样。我为流光打拼了这么多年，你始终不肯放权，不肯信任我。哪怕你给我一点机会，我都不会这样对你。你活该！如果你让我娶了夏盈，继承流光，我会好好对待你照顾你终老，可惜，你终究成为一个垫脚石！”

他的言语跟神态都让夏盈恶心到极点，她真的不可抑止地呕吐起来，那种强烈的不适，让她挣扎着剧烈地咳嗽起来，也因此从梦中惊醒。

“夏盈。”她听到温庭温暖的声音，他的手覆在她脸上，因她忽然的挣扎而感到忧心。

“温庭。”夏盈一下拥住他，湿了眼眶。

梦里种种让她的眼泪无法抑制地流下来。

她只能埋在他怀里，放声痛哭。

夏盈与贺咏伦面对面，这张脸如今她越发不认得了，只觉得陌生。

“方晴晴已经招认是你指使她跟踪偷拍温庭。另外，你挪用公款在外投资的事情，慕思城已掌握充分的证据，公司已经报警，会依法处理。”

贺咏伦听着她的指控，脸上是无动于衷的神色。他冷冷一笑：“你在暗中调查我很久了？”

“是。”夏盈不否认，直视他的眼睛，“如果不查，我也不会知道你竟是这样一个人。忘恩负义，狼心狗肺，我爸爸他……”说到父亲，她的语气骤然有些激烈。

夏盈深吸一口气，盯着贺咏伦：“贺咏伦，你不要以为我不知道当时在车里发生了什么。我爸爸是你杀死的！你怎么可以，毫无良心毫无底线，简直不配做人！”

她愤怒地控诉着贺咏伦的罪行。

贺咏伦在听到她乍然提起车祸时的事时微微一惊，随即哑声道：“你怎么可能知道，你又不在现场，你没有证据！”

他的三连反应让她更确定了梦的真实性，令她鄙夷又哀切。她冷冷地看着贺咏伦：“你首先想到的是证据？没有可以定你罪的证据是不是？因为你扔了爸爸的药，在他病发的时候把他唯一的救命药给扔了！你这个畜生！”

夏盈没控制住自己的情绪，一巴掌抽到贺咏伦脸上。

贺咏伦的脸庞被她打出红印，他幽黑的眼睛盯着她，忽然握住她的手。

“你放开，我的保镖就在外面，只要我叫，他就会冲进来！”夏盈挣扎道。

“夏盈，我对你的心意一直是真的！我爱你，想要和你好好在一起，是你父亲，剥夺了我这份多年的期望，是他，毁了我满腔热血！”

“住口！是你自己心思不正，才做出这些狼心狗肺的事情！”夏盈气急，反手又想给他一巴掌。

贺咏伦声音嘶哑：“我只不过是想为自己争取而已，我一个孤儿，付出你不知道的艰辛一路踏上这个位置，只差最后一步，我只差最后一步！”他一字一句，几乎吼起来。

“令人作呕！”夏盈满脸厌倦，用尽力气抽回自己的手，“贺咏伦，你等着警察来找你谈话。你挪用公款的事，流光影视一定会追究到底。还有偷拍温庭，就算爸爸的事我没法用证据证明你是杀人犯，但你在流光影视的一切都完了！”说完，她不想再跟这个人有一丝一毫的接触，疾步转身离开。

身后传来贺咏伦困兽一样绝望的笑声，夏盈觉得，那笑声恶心得跟禽兽无异。

夏盈走到公司门口，阳光下，温庭修长的身影立在那里，玉石之姿，如清风一般涤净她心里最后一丝阴霾。

她忽然想到父亲曾经说过的话，人生或许如一场牌局，得到与失去，但身边总有一个人，是你永远都不能放手的那张牌，因为他是你的心和爱。

夏盈朝温庭飞奔过去，而他转过身，明亮的笑容，向她伸出手。她牵住他的手，一同走向阳光，走向他们的新生活。

番外——心中的玫瑰

温庭心中有属于他自己的一朵玫瑰，埋心多年，安然守之。

他最近读诗集的时候，很喜欢一首诗。

She Walks in Beauty by Lord Byron（拜伦《她走在美的光彩中》）

She walks in beauty, like the night
Of cloudless climes and starry skies;
And all that's best of dark and bright;
Meet in her aspect and her eyes.
她走在美的光彩中，像夜晚
皎洁无云，繁星漫天，
黑夜与白天最美妙的色彩，
都在她的面容和目光里显现。

他的玫瑰于他，就是这样的。

初见夏盈，是在他们都很小的时候。作为父亲的好友，夏成鉴时常出现在他们家的聚会上，而他总会带着他的宝贝女儿。

夏盈的母亲过世得很早，夏成鉴更把她当作明珠一样捧在掌心。

然而夏盈却并不刁蛮任性，温庭第一次见到她，是他被温黎他们围着欺负的时候。几个人对他又推又拽，直到夏盈明亮童稚的声音冒出来："喂，你们几个怎么合着欺负人啊，他比你们矮小那么多。"

男孩子们一哄而散。

温庭愣愣地看着这个突然出现的女孩，年纪和他差不多的样子，约莫七八岁吧，他摸了摸自己被扔满泥垢的胳膊。

"嗨，你还真成个泥娃娃了。"夏盈扑哧一声笑出来，从怀里掏出自己的手绢给他，"这个给你，擦擦吧。"

温庭接过她的手绢，那上面画了一只很可爱的米老鼠。

"这可是我很喜欢的手绢喔，不过看你这么可怜就送给你了。"她胖胖的小手手抓着他的手，轻轻摸了一下。

后来，他们都长大了一点，在圣诞节的晚宴上，他准备了白雪公主和七个小矮人的节目，那是他筹备了很久的表演。

妈妈对他说过，当天晚上他的小舞台下面会坐满来参加宴会的小朋友。

可是当他出去的时候，只看到她吃着巧克力坐在下面。

她梳着两条小辫子，辫子的两侧还扎着两枚可爱的樱桃。她拿着一大块巧克力，吃得津津有味。

看到穿着王子装的温庭走出来时，她还配合地鼓起掌来。

温庭与她面面相觑，问了一声：“就你一个人吗？”

“嗯，你是温伯伯最小的孩子是吗？温大哥他们都去看烟花了，他们让我也去，可要是一个人都没有，你的表演就没人看了。”她乐呵呵地对他说。

她的笑容如同一束小小的光在他心底埋下，于是他很认真地为她表演，她是他唯一的观众，可他却比任何一次排练都演得更为认真。

虽然最后的结果是她打着哈欠睡着了，可他还是很满足。他把那块米老鼠的手绢掏出来，替她擦了擦嘴角的口水，轻轻放在了她手心，还给她。

后来，他离开了家，从此很多年都没再见到过她。

再一次重逢，是在片场。炎热的天气，恶劣的条件，让整个拍摄现场都跟蒸笼一样。他整张脸都被涂抹黑了，因为即将要拍一场在泥塘里挣扎的戏。

远远地，他看到了夏成鉴，自然也看到他身边那抹靓丽窈窕的身影，就像一道彩虹。

那是夏盈，他知道。

上一次见她还是她十五岁的生日宴，那天她穿得像个小公主一样，夏成鉴牵着她，宠溺又自豪地把她介绍给每一个宾客。她欢快地跳了整场舞会，活泼窈窕的身姿如一颗最明亮的明珠。

而现在，他又见到她了。

夏盈明媚生动的脸蛋吸引了片场很多人的目光，夏成鉴在跟导演说话，而夏盈一双好奇的眼睛，打量着这个她不熟悉的地方，似乎对看见的每一样东西都觉得很稀奇。

“爸爸，我去那边看看。”

他听到她活泼的声音。

她竟向他这边走过来了。

瞬间，他有种心脏都凝结的感觉，一颗心却又是如此紧张鲜活地蹦跳着。

夏盈看见了他，好奇地对他瞅了瞅。

他有些狼狈地抹一下脸。

“小哥，你是这儿的群演吧，一定很热，你看你，衣服都快湿透了，还有脸上的泥水都要流进你眼睛了。千万别抹眼睛，脏水会让眼睛发炎的。”她的声音爽朗又亲切。

说着，她从自己的包包里掏出一包纸巾递给他：“拿这个擦吧，辛苦了。”

温庭一眨不眨看着她纤细的身影轻快地走远，握紧了自己手中的纸巾。

她依旧是那样明媚的个性，如一朵最热烈的玫瑰，他身心的疲惫都因她而消散。

温庭轻轻握紧了纸巾，晚风吹来，仿佛那一年夏天的傍晚，她递给他的那块手绢，照暖了他整个心房。

夏盈……他在心中念着她的名字，用他所有的温柔，唤他此生挚爱的名字。